若殿はつらいよ
妖玉三人娘

鳴海　丈

JN034470

コスミック・時代文庫

この作品はコスミック文庫のために書下ろされました。

目次

第一章　大江戸の虎

一

夜の闇の奥で、女の悲鳴が上がった。

そして、辻燈台《つじとうだい》の明かりの中に、闇からよろめき出て来たのは、血まみれの女であった。

袈裟《けさ》懸《が》けに斬られて、片方の豊かな乳房が剝《む》き出しになっている。

女は、朽《く》ち木《き》のように地面に倒れこんだ。

そこに、血刀《ちがたな》を手にした浪人者が、横向きに倒れた女に近づいて来た。

小太りの浪人者で、頭巾で顔を隠していた。

「女、成仏しろよ……」

そう言って、大刀の切っ先を下向きにする。

と、いきなり、そいつのこめかみに何かが命中した。

「わっ」

左手でこめかみを押さえながら、浪人者は後退した。

地面に、閉じた白扇《はくせん》が落ちている。

これを手裏剣のように飛ばして、浪人者のこめかみにぶつけた者がいるのだった。

「な、何者だっ」

浪人者は、白扇の飛んで来た方へ向いて喚《わめ》く。

白扇の持ち手の先端が勢いよく命中したので、頭巾のおかげで傷こそ負ってないが、相当の痛みであったらしい。

「――それは、こちらの言うことだ」

辻燈台の明かりの中へ、長身の細面《ほそおもて》の武士が歩み出て来た。

若竹色の着流し姿の貴公子――若殿浪人にして隠密剣豪の松平竜之介《たつのすけ》である。

その少し後ろには、老練な御用聞きの由造《よしぞう》が付き従っている。右手は、懐《ふところ》の十手の柄《つか》を摑んでいた。

「夜の往来で女人《にょにん》に斬りかかったその方は、辻斬りか、それとも気触《きふ》れ者か」

静かな怒りをこめて、竜之介は言う。

「貴様、俺を気触れ者と言ったな。許さんっ」

頭巾の浪人者は、大刀を振りかぶって竜之介に斬りかかった。

が、竜之介の左腰から銀光を閃《ひらめ》いて、夜の通りに鋭い金属音が響き渡る。

浪人者が振り下ろした大刀の刀身が、数間先《すうけん》まで吹っ飛んだ。

竜之介の抜き打ちで、そいつの刀は鐔元《つばもと》から割り折られたのである。

「え……」

鐔と柄だけになった大刀を握ったまま、浪人者は唖然《あぜん》とした。

だが、すぐに身を翻《ひるがえ》して逃げ出す。

「待ちやがれっ」

十手を引き抜いて、由造が後を追った。

「油断するなよ、由造」

そう声をかけてから、竜之介は納刀した。

白扇を拾って帯前に差すと、

「これ、しっかりせよっ」

倒れている女を、竜之介は抱き起こした。

「う……」

女が呻《うめ》いた。血に濡れた乳房が上下に動いているのが、奇妙に扇情的である。二十七、八の年増《としま》で、垢抜《あかぬ》けた雰囲気と化粧の濃さからして堅気ではないらしい。

「医者へ連れて行ってやるから、気を確かに持つのだ」

手拭いで出血しているところを押さえながら、竜之介が言う。

「と……」

薄く眼を開けて、瀕死の女が、唇から言葉を洩らした。

「何だ、何か言いたいことがあるのか」

「と…とら………」

それだけ言うと、女は目を閉じて、がっくりと首を垂れた。絶命したのである。

「駄目だったか……」

溜息《ためいき》をついた竜之介は、そっと女を地面に横たえる。

そして、襟元《えりもと》を直して乳房を隠してやるのだった。

竜之介が片手拝みしていると、由造の足音が戻って来た。

「竜之介様。どうも逃げ足の早い奴で、見失いました」

そう報告してから、由造が、女の遺骸を見て、

「助かりませんでしたか……気の毒に」

自分も両手を合わせる。

「だが、一言だけ言い残していったよ」

「ほほう、何と？」

「――とら」

「とら？　どういう意味でしょうね」

由造は眉《まゆ》をひそめる。

「わからぬ。わからぬが……」

立ち上がりながら、竜之介は言った。

「〈とら〉…のために殺されたのだろう、この女は」

徳川十一代将軍家斎《いえなり》の治世、どんよりと空気の澱《よど》んだ陰暦六月初めの夜――市ケ谷門の近く、左内坂《さないざか》下の辻の出来事であった。

二

「あ、ああ……旦那様ァ……」

甘声《あまごえ》をあげて、志乃《しの》は、肉づきのよい臀《しり》を揺すった。

その朱色の花孔には、松平竜之介の長大な男根が出没している。

ぬちゅ、ぬぽっ、ぬちゅっ……という抽送《ちゅうそう》の淫音に連動して、志乃の蜜柑色《みかんいろ》の臀孔《あな》が、何か別の生きもののように開いたり閉じたりしていた。

そして、大きめの乳房も揺れている。

そこは──青山にある甲賀百忍組《ひやくにんぐみ》支配の沢渡日々鬼《さわたりひびき》の屋敷、その敷地の中に建てられた愛妾《あいしょう》御殿であった。

寝間に敷かれた夜具に、桜姫・志乃・お新の三人妻が四《よつ》ん這《ば》いになって並び、牝犬《めすいぬ》のように臀を高く掲げている。

桜姫は現将軍の家斎の娘で、志乃はその女中、お新は元は男装の魚屋であった。

三人とも竜之介との出遭いは最悪であったが、今では彼を熱愛している。

──遠州鳳《えんしゅうおおとり》藩の嫡子であった松平竜之介は、御家《おいえ》乗っ取りの企《たくら》みを叩き潰してから、弟の信太郎《しんたろう》に次期藩主の座を譲って若隠居。

三人の妻を連れて気儘《きまま》に旅をしてから、小田原で泰山流《たいざんりゅう》の剣術道場を開いた。

そのまま若殿浪人として三人妻と呑気《のんき》に暮らそうと思ったのだが——運命は、彼にそれを許さなかった。

今の竜之介は、義父である将軍家斉の命を受けて、様々な陰謀や悪事と闘う隠密剣豪なのである……。

艶蕩《えんとう》な一対三の愛姦の褥《しとね》に並んでいるのは、真ん中が最年長で二十歳の志乃で、右側に十九歳の桜姫、左側には同じく十九歳のお新という配置だ。

勿論《もちろん》、三人とも一糸《いっし》纏《まと》わぬ全裸である。

これも全裸の竜之介は、志乃の背後から肉壺を貫いているのだ。

片膝立ちなのは、何が起こっても瞬時に対応するためである。

巨根で志乃を力強く犯しながら、竜之介は、右手で桜姫の朱色の後門を、左手でお新の鴇《とき》色の秘部を嬲《なぶ》っている。

「そんな……お臀の孔をいじられては…羞《はず》かしゅうございます」

桜姫が、真っ赤になって喘《あえ》ぐ。

「もっと…もっと、嬲ってぇ」

お新は固く目を閉じて、哀願していた。

桜姫もお新も、女の部分から透明な愛汁《あいじゅう》を滴《したた》らせている。

三人妻の肌は、汗に濡れ光っていた。

――謎の斬殺事件に遭遇した竜之介と由造は、近くの自身番に報《しら》せて女の遺体を運びこませ、付近を巡回中の北町奉行所の同心を呼んで貰った。

それから、その藤沢徳之助《とくのすけ》という定町廻り同心に事情を詳しく説明して、ようやく、青山の愛妻御殿へ戻って来れたのである……。

「い、逝《い》く……逝ってしまうっ」

黒光りする巨根に責められていた志乃が、ついに頂点に達して背中を弓なりに反《そ》らせた。

竜之介も、夥《おびただ》しく吐精する。

女壺《にょつぼ》の肉襞《にくひだ》を激しく収縮させて、志乃は気を失ってしまう。

竜之介は、しばし余韻を愉《たの》しんでから、ずるりと男根を引き抜いた。

肉の凶器は衰えることなく、雄々《おお》しく屹立《きつりつ》している。

そして、今度は桜姫を貫いた……。

三人妻を公平に可愛がり、後始末をしてから、竜之介は一息いれることにした。

白い下帯を締めただけの半裸で、俯《うつぶ》せになって煙草を喫《す》う。

桜姫たちも裸体に肌襦袢《はだじゅばん》を纏《まと》っただけで、彼の傍《かたわ》らに横たわった。

寝間には、女たちの甘い肌の匂いが濃厚に立ちこめている。

「随分とお帰りが遅うございましたのね、旦那様……」

剛根に散々に翻弄《ほんろう》された桜姫が、気怠《けだる》げな口調で言う。

「うむ。実は、途中で嫌なものを見てな――」

竜之介は三人の妻に、女が頭巾の浪人者に斬り殺された事件を説明してやった。

「ひどいね。恨みなのか、物盗《ものと》りか」

お新が憤慨する。

「でも……〈とら〉とは何でしょう」

志乃が、不安そうに言った。

「まさか、御府内を虎が徘徊しているのでしょうか」

「ははは、そんなこともあるまい」

竜之介は、わざと笑顔を見せる。

「御用聞きの由造も藤沢と申す同心も、今、江戸では虎の観世物《みせもの》はないと言っていた。まさか、唐天竺《からてんじく》から虎が泳いで江戸まで辿りつくこともなかろう」

「はあ……」

「そもそも、〈とら〉というのが生きもののこととは限らない。虎太郎という名前かも知れんし、寅屋《とらや》という屋号かも知れぬ」

「そうでございますね」

ようやく、志乃は安心したようであった。

「虎よりも恐ろしいのは、人の悪心《あくしん》だ」

煙管《きせる》を灰吹きに叩きつけて、竜之介は言った。

「夜道で女を斬り倒し、止どめまで刺そうとする……一体、どんな事情があるのか」

それを聞いて、桜姫が、くすりと笑った。

「また、旦那様の病《やまい》が出ましたわね」

「病……？」

「非道な行いは決して許さぬ――という病」

「そうか、わしは病持ちであったか」

煙管を煙草盆に置いて、竜之介は苦笑した。

「だが、これは不治の病でなあ」

そう言って、仰向《あおむ》けになった。

竜之介は、これまでに何度も何度も正義の剣を振るって邪悪な陰謀を粉砕し、名もなき庶民たちを助けている。

それゆえ、将軍家斎の信頼を一身に集めている竜之介なのだ。

「でも……」

桜姫は彼に身を寄せて、

「そんな病持ちの旦那様が、わたくしたちの誇りでございます」

柔らかな口調で、そう言った。

「ふ、ふ」

竜之介は、左右の女たちを見て、

「わしは、良い妻たちを持ったな」

「はい」お新が頷く。

「ですので……もう一度、可愛がってほしいです」

「ふうむ……よかろう」

竜之介はお新を抱き寄せて、

「夜は長い。そなたたちが綿《わた》のように疲れ果てるまで、存分に可愛がってやる

――」

三

船宿の二階の座敷に、松平竜之介が入って来ると、

「すまぬ、待たせてしまったな」

そう言って、寅松《とらまつ》に頭を下げた。

「いえ。とんでもございません」

早耳屋《はやみみや》の寅松は、恐縮して座り直す。江戸中の情報を掻き集める寅松は、御用聞きの由造と並んで、竜之介の腹心の部下であった。

すぐに、酒肴《しゆこう》の膳が運ばれて来た。

翌日の午後――そこは、芝《しば》の新銭座町《しんぜにざちよう》にある〈南風《なんぷう》〉という船宿であった。

夜明け近くまで三人妻との愛姦を愉《たの》しんでいたため、いささか寝坊してしまった竜之介なのである。

「旦那。夕べ、由造親分と辻斬りを目撃されたそうで」

竜之介に酌をしながら、寅松が言う。

「さすがに耳が早いな」

「斬られたのは、料理茶屋の女中をしているお蓑《みの》という女だそうです」

「ほう……」

「年齢は二十七。牛込《うしごめ》の〈蔦屋《つたや》〉という店で女中頭《がしら》のような役目ですが、常連客には軀《からだ》も売っていたようですね。詳しいことは、今、由造親分が調べているでしょうが」

「そうすると……昨夜の事件は色事《いろごと》のもつれかな」

「でも、下手人は止どめを刺す時に、〈女〉と呼んだと聞きました。色事の相手なら、お蓑と名前を呼びそうなものですが」

「これは参った」

竜之介は、寅松に酌をしてやりながら、

「寅松も、由造並に探索上手になったようだな」

「からかっちゃいけません」

会釈して、寅松は苦笑いをする。

猪口を捧げ持つようにして、きゅっと一気に干した。

「そうだな」と竜之介。

「あれは、色事絡みには見えなかった……」

「お蓑の最後の言葉の〈とら〉というのも、わかりませんね。あっしも〈とらまつ〉ですが、名前か、屋号か、地名か……ごろつきで、何とかの寅という渡世名《ふたつな》はありそうだ」

そう言ってから、寅松は口調を変えて、

「ところで、今日、旦那をご案内するのは、中之郷《なかのごう》です」

中之郷は、大川を挟んで浅草の対岸になる。

「良い家があったか」

――「浅草阿部川町の借家に住まう浪人の松浦竜之介」というのが、竜之介の表向きの顔である。

その家とは別に、金竜山浅草寺《きんりゆうざんせんそうじ》の西、慶印寺《けいいんじ》の近くの家を隠れ家としていた。

悪い奴に狙われている者たちを、匿《かくま》うための家である。

ところが、この前の〈タメニ屋事件〉で、この隠れ家を宿敵である一橋穆翁《ぼくおう》に知られていることがわかった。

一橋穆翁――一橋治済卿《はるさだきよう》は将軍家斎の実父であり、江戸幕府の陰の実力者というべき存在である。

今まで何度も、竜之介の邪魔をし、彼を葬《ほうむ》ろうとして来た怪物であった。将軍である家斉ですら、この父親には逆らえないのだが、竜之介は一橋卿に屈するつもりはない。

上様の御尊父であろうとも悪は悪――そういう信念の竜之介なのだ。

なので、この隠れ家を放棄して、新しい隠れ家を寅松に探して貰っていたのである。

なお、旧隠れ家は持ち主から買い上げて、ずっと家の世話をしてくれた百姓の弥助《やすけ》に贈っていた。

弥助夫婦は「今までも世話賃は充分にいただいておりますから」と固辞したが、最後は「では、松浦様が次の入り用の時まで、わたくしどもが大切にお預かりしておきます」と承知したのであった……。

「今度の家は、どっかの大地主の妾《めかけ》の家だったそうで……四間の風呂付き、物置き小屋もありますし、竹垣に囲まれて、敷地は前よりも広いですね。これに決まれば、やはり、近所の年寄り夫婦に家の世話を任せることになってます」

「なるほど」

「最初は、ここの船頭に船を出して貰うつもりだったんですが……猪牙舟《ちょきぶね》を借りて、あっしが漕ぐことにしました」

寅松は、さりげなく座敷の中を見まわして、

「どんな切っ掛けで、隠れ家が発覚《バレ》るとも限りませんから……場所を知ってる者は少ないほどいいでしょう」

「確かに、用心するに越したことはないな」

「では、そろそろ参りましょうか――」

二人は、借りた猪牙舟に乗って宇田川《うだがわ》を下った。

汐留川《しおどめ》に合流して、左手に広大な浜御殿を見ながら、江戸湾へ出る。

梅雨の明けた後の抜けるような青空に、海の色が濃かった。潮風が心地よいが、照り返しが眩《まぶ》しい。

それから北東へ進んで、大川の河口へ向かった。

人足寄場《にんそくよせば》のある石川島の西側を抜けて、大川へ入る。

「今までの隠れ家は、匿う人を駕籠《かご》で運んでましたが、それだと敵に見つかりやすいですからね」

櫓《ろ》を操《あやつ》りながら、寅松は言う。

「ですが、中之郷 瓦町《かわらちょう》でしたら、舟で大川から源森川《げんもり》へ入れば、すぐです。陸路

でも水路でも行ける」

「源森川の向こう岸は、花川戸だしな」

「そうです。前の隠れ家は、阿部川町の家から近すぎました。今度は、かなり離れていますから、敵も見つけにくいでしょう」

「それにしても、なかなかの船頭ぶりだな」

「へへへ。あっしは小僧の頃は搗《つ》き米屋《ごめや》で働いてましたから、腰の据わりには少しばかり自信があります」

得意そうに、寅松は言った。

「早耳屋から足を洗ったら、船宿の船頭にでもなるか」

「それもいいかも知れませんねえ」

寅松は口ではそう言ったが、本心は違う。

(竜之介旦那のいる限り、どんな危ない目にあっても、早耳屋として役に立ちたい……)

そう考えているのだった。

長さ百二十間《けん》の永代橋《えいたいばし》を潜り抜けて、猪牙舟はさらに北上する。

「おや……」

寅松は目を懲《こ》らして、

「何でしょう、舟が流れて来ます」

新大橋の方から小舟が下って来るのだが、船上に船頭の姿がないのだ。

「舫《もや》い綱《づな》が解けて、どこかの桟橋《さんばし》から流れ出して来たのかな」

「そうかも知れませんね」

寅松はそう言ったが、すぐに、

「旦那、女が船底に倒れてますぜっ」

「なにっ」

竜之介も腰を浮かせて、

「あの舟に寄せてくれ」

「へいっ」

寅松は、巧みにその小舟に近づいた。

竜之介が手を伸ばして、その小舟の舳《へさき》を掴み引き寄せる。

寅松が舫い綱を取って、こちらの舟に縛《しば》りつけた。

竜之介は、小舟に移る。

「これは……」

倒れていたのは、二十歳《はたち》すぎと見える女だった。

商家の女中のような身形《みなり》で、胸に矢が突き刺さり、血が流れ出して居る。

細い首筋に触れて、脈を確かめる必要もない。

その白蠟《はくろう》のような顔色から、すでに女が死んでいるのは明白であった。

「ずいぶんと短い弓ですね」

女の胸から突き出している部分が五寸弱だから、この矢は全長でも六寸くらいであろう。

「うむ。旅弓よりも短いな」

隠し武器である折り畳み式の旅弓は、長さ八寸ほどの矢を用いる。

その長さだと、笠の内側に差しておけるのだ。

「座敷で遊芸などに用いる小さな弓かも知れぬ」

「あっ、旦那。これを見て下さい」

竜之介が、寅松が指さす方に目をやると、小舟の腰板に血で何か書かれている。

それは〈虎の〉という書きかけの文字だった。

「この女が死に際に、自分の血で書いたんですね」

「だろうな。それだけ重大な言葉なのだ。しかし、またも虎とは……」

眉根《まゆね》を寄せて、腰板の血文字を睨みつける竜之介であった。

四

大川の東岸——佐賀町河岸《さがちょうがし》の桟橋《さんばし》に、その小舟は係留された。

北町奉行所の同心が現場調べをするから、女の死骸は小舟に乗せられたままである。

「そら、もっと退《さ》がって。町方の旦那がご検屍《けんし》に来られるんだから、邪魔になるじゃねえか」

桟橋の前に押しかけた野次馬たちを、六尺棒を手にした番太郎が追い払っていた。

深川佐賀町の商家の軒下《のきした》で、松平竜之介は、その様子を眺めている。

船頭役の寅松は、女を見つけた経過を町方同心に説明するために、自身番で同心が来るのを待っていた。

暗黒街と繋がりのある早耳屋の彼は、あまり町方とは関わりたくないのだが、この場合は仕方がない。

下手に逃げたりしたら、殺しと関わり合いがあると勘違いされてしまう。
竜之介は、近くに住む使い屋に金を払って、白銀町《しろがねちょう》まで由造を呼びに行かせていた。
由造が来てくれれば、寅松も、あまりしつこく取り調べをされることもないだろう。
船宿から借りた猪牙舟《ちょきぶね》も、小舟の脇に繋いである。
とにかく、この件が一段落しなければ、中之郷の借家も見にも行けないのだ。
(わしも番屋で由造が来るのを待つか……)
軒下の竜之介は、自身番の方へ歩き出した。
店と店の間の路地口に差しかかった時、
「っ!?」
右側から何かが飛来する音に、竜之介は、反射的に抜刀した。
路地の奥から飛来したものを、叩き斬る。
切断されて地面に落ちたそれは、長さ六寸ほどの短矢《たんし》であった。
路地の奥に、若い男がいる。
弁慶縞《べんけいじま》の小袖《こそで》の裾《すそ》を臀端折《しりはしょ》りした、ごろつき風の奴だ。

こいつが、この短矢を竜之介に向けて放ったのだろう。

竜之介が空中の短矢を斬り落としたのを見て、その男は逃げ出した。

「待てっ」

納刀して、竜之介はそいつを追った。

(小舟の女の胸に突き刺さっていた短矢と、同じものだ)

追跡しながら、竜之介は考える。

(つまり、奴が殺しの下手人で、小舟の行方を追ってきたのだな)

しかし、疑問がある。

逃げる後ろ姿を見ても、そいつは弓を手にしていないことだ。

小型の旅弓だとしても、折り畳んで仕舞《しま》う暇はなかったはずである。

(まさか、弓を使わずに、短矢を手裏剣のように投げつけたのか)

しかし、軽くて細い短矢を手で放ったとしても、鏃《やじり》が着物を貫いて人を殺すほどの貫通力はない。

打根《うちね》という投擲《とうてきよう》用の矢もあるが、それは殺傷力を得るために、鏃がもっと重いものだ。

しかし、短矢が飛来した時に路地の奥にいたのは、あの男だけなのである。

（とにかく、捕らえてみれば子細はわかる――）

すばしっこい男であった。

路地から路地へと逃げまわり、竜之介も足には自信がある方だが、なかなか距離が縮まらない。

稲荷社の脇道まで来た時、竜之介は足を止めた。相手の姿を見失ったのである。

「どこへ行った……」

垣根越しに稲荷社の境内を見ても、弁慶縞の男はいなかった。

孫らしい小さな女の子を連れた老爺《ろうや》が、社《やしろ》の前で手を合わせているだけだ。

落胆した竜之介が、懐《ふところ》から手拭いを取り出そうとした時、

「――どうかなさいましたか、ご浪人様」

銀杏《いちょう》の木の陰から現れたのは、二十代半ばの女であった。

「む……」

竜之介は、目を見張った。

その女が着ているのは、黄色の地に黒っぽい模様の小袖である。

それがまるで、虎の縞模様のように見えたのであった。

第二章　濡れた罠

一

「まあ……怖い眼ね」

蝦髷《ばいまげ》の女は、身を縮めるような仕草《しぐさ》になる。

「なに、そなたに尻尾がないかどうか、確かめただけだ」

松平竜之介《たつのすけ》は、わざと軽口を叩いた。

「ほ、ほ、ほ」

女は艶然《えんぜん》と笑う。

「お稲荷さんの脇ですが、あたしは女狐《めぎつね》じゃありません。この先の永堀町《ながほりちょう》で、三味線の師匠をしている錦《きん》と申します」

お錦と名乗った女は、軽く会釈をしてみせた。

二十五、六か。ほっそりした肢体《したい》で、人目を引くような派手な美貌ではない。だが、ちょっとした所作《しょさ》にも目の動きにも、閨《ねや》の味を知り尽くしたような、何ともいえない艶《つや》っぽさが漂っている。
「お錦か……お虎ではないのか」

「あら、これ？」

両腕を奴《やっこ》のように伸ばして袖《そで》を広げて見せる、お錦だ。

「ちょっと面白い柄でしょ、虎みたいで」

「そうだな」

何者であろう――と考えながら、竜之介は頷いた。

「虎になるほどじゃありませんが、あたし、お酒は嫌いな方じゃないの。ご浪人様、よろしかったら、宅《うち》にお寄りになりません？」

「ふうむ」

竜之介は、お錦を見つめて、

「女からの誘いを無下《むげ》に断っては、男の恥だ――寄らせてもらおう」

罠かも知れない。いや、十中八九、女罠であろう。

しかし、虎穴《こけつ》に入らずんば虎児を得ず――という格言を実行するつもりの、竜之介であった。

二

黒板塀《くろいたべい》の一軒家に上がると、松平竜之介は六畳の座敷に通された。

座布団に胡座《あぐら》をかいて、竜之介は、大刀と脇差は背後に置いた。

開け放した障子の向こうに、庭がある。栗の木の枝には、淡黄色の花が咲いていた。

竜之介が、壁に掛けられた三味線を眺めていると、お錦が、すぐに酒肴《しゅこう》の膳を運んで来る。

「さあ、どうぞ」

お錦は徳利を取り上げて、竜之介の盃《さかずき》に酌をした。

その間、竜之介は、お錦の右手を見つめる。

そして、酒を注がれた盃を、お錦の前へ突き出した。

「虎か、蟒蛇《うわばみ》か……まずは一献、そなたの飲みっぷりを見せてくれ」

「……疑ってらっしゃるのね、あたしを。毒なんか、盛っちゃいませんよ」

笑みを浮かべて、お錦は盃を受け取った。

何の躊躇《ためら》いもなく、一気に酒を飲む。

それから、肌襦袢《はだじゅばん》の袖口で盃の縁《ふち》を一撫《ひとな》でしてから、

「どうぞ」

それを竜之介に返した。

もう一度、酌をされて、竜之介は盃を干す。

そして、お錦の盃に酌をしてやった。

「いただきます」

軽くお辞儀をしてから、お錦は酒を飲み干す。

「ああ、美味《おい》しい……素敵な殿方に酌をしてもらったお酒は、一段と美味しいわ」

その一つ一つの動作が、男心をくすぐる色っぽさであった。

しかし、竜之介の表情は冷静である。

「さて、杯事《さかずきごと》が済んだところで――」

竜之介は言う。

「わしを誘った本当の理由を、話してもらおうか」

「本当の理由……？」

小首を傾《かし》げるお錦の右の手首を摑んで、竜之介は引き寄せた。

お錦は抗《あらが》わずに、素直に竜之介の膝の上に軀《からだ》を投げ出す。

「そこに使いこんだ三味線が下げてあるが……この手の指は、三味線の師匠のものではない」

弟子をとるほど三味線に達者な者であれば、撥《ばち》を持つ右の小指には胼胝《たこ》が出来ているのが普通であった。

町方同心や御用聞きの間では、身許《みもと》のわからない女の死骸でも、「右の小指を見れば稼業がわかる」と言われるほどだ。

「人によって、胼胝が出来ないこともあるんですよ……でも」

お錦は、竜之介の顔を斜に見上げて、

「たしかに、誘ったのには理由があります、松浦様」

名乗ってもいないのに、こちらの名を知っているお錦なのだ。

「その理由は」

「ふ、ふ、ふ……お話しするのは、他人でなくなってから」

そう言って、お錦は、竜之介の裾前《すそまえ》を開く。

下帯の脇から、柔らかい肉根を取り出すと、

「まあ……巨《おお》きい」

目を見開いて、お錦は男根を見つめた。

「淫水焼けして黒ずんでる。松浦様は今までに、数え切れないくらいの女を哭《な》かせてきたのね」

そして、そっと咥《くわ》える。

味わうように、舌を使った。その動きは巧みだ。

「ん……んぅ……」

頭を上下に動かしながら、お錦は、肉根をしゃぶった。

竜之介の女体遍歴《にょたい》が華やかであるのと同じく、お錦の男性経験もなかなか豊富なのであろう。

お錦が吸茎に励んでいる間に、竜之介の右手は、女の臀《しり》を撫でていた。

着物や肌襦袢、下裳《したも》の裾までまくり上げて、熟れた白い臀を剥《む》き出しにする。

そして、柔毛に飾られた赤い亀裂を愛撫していた。

「ふ、ふ……尻尾はなかったでしょう」

臀を蠢《うごめ》かして甘声《あまごえ》で言う、お錦なのだ。

そして、彼女の舌技によって、竜之介の男根は本来の威容を見せる。

「す、凄い……こんな立派なお道具、初めて見たわ」

唾液に濡れ光る巨砲を見て、啞然《あぜん》とするお錦であった。

「太くて長くて硬くて…反《そ》りかえってる……しかも、こんなに雁高《かりだか》だなんて……」

玉冠部《ぎょくかんぶ》の周辺を〈雁〉と呼び、その雁と下のくびれとの落差が大きいことを〈雁高〉という。

雁高とは、「女を悦ばせる優れた男性器」を意味する淫語であった。

「ここが、このくびれがいいのよね……」

お錦は舌先で、そのくびれを抉《えぐ》るように舐めた。

そして、茎部を手で扱きながら、根元の玉袋にまで舌を這《は》わせる。

同時に、女の花園からは透明な愛汁《あいじゅう》が溢れ出していた。

「ねえ、お願い……もう我慢できないの」

両手で巨根の茎部を握って、お錦は哀願した。

「早く、松浦様。早く挿入《いれ》てぇ」

「よかろう」

竜之介は、軽々とお錦の軀を持ち上げて、自分の膝を跨がせる。

そして、石のように硬いもので、真下から濡れそぼった秘部を貫いた。

居茶臼《いちゃうす》の態位である。
「ひいィ……っ」
あまりにも巨大すぎる男根に貫かれて、お錦は仰《の》けぞった。
その時には、巨砲は根元まで蜜壺に侵入を果たしている。
お錦の括約筋《かつやくきん》の締まり具合は、なかなかのものであった。
「いっぱい……あたしの中がいっぱいになってる……」
お錦は喘《あえ》いだ。
結合したままで、竜之介は、女の帯を解いた。お錦も、それに協力する。
竜之介は、大小を左側に置いた。
そして、女の着物を脱がせ、肌襦袢も脱がせて、腰のもの一枚の半裸にする。
痩せてはいるが、お錦の胸と臀は肉づきがよい。乳輪は梅色をしている。
その乳頭を唇で咥えて、竜之介は、ゆっくりと腰を使い始めた。
「あ、あっ、ああァ……ああんっ」
男の首に諸腕を絡ませて、お錦は悦声《よがりごえ》をあげる。
竜之介は、左右の乳房を吸いながら、正体不明の女を真下から責めた。
突き上げるだけではなく捻《ひね》りも混ぜて、変幻自在に翻弄《ほんろう》する。

「巨きすぎる……こんなの初めて…あひぃイィっ」

ついに、お錦は、汗まみれで絶頂に達した。

大量の愛液を分泌すると、がっくりと、男の肩に頭を乗せてしまう。

竜之介は、まだ吐精していない。

「――お錦」

しばらくしてから、竜之介は言った。

「これで他人ではない……わしを誘った理由というのを、聞かせてもらおうか」

「仲間に…松浦様に、仲間になってもらいたいの」

お錦は、男の耳元で言う。まだ、息が乱れていた。

「仲間になって、どうする」

「虎を探すのよ」

「虎……」

竜之介は、お錦の顔を覗きこんだ。

「昨日も今日も、虎のために二人の女が死んでいる。一人目は今わの際《きわ》に〈とら〉と言い残し、二人目は〈虎の〉と己《おの》れの血で書き残した……一体、虎とは何だ」

「それは、仲間になってくれたら、説明します」

「……」

「腕の立つ人が欲しいの……仲間になってくれるのなら、あたしは松浦様の奴隷になります……献身的に尽くすわ。牝犬《めすいぬ》みたいに、いつでも好きなように犯していいのよ」

竜之介の耳朶《じだ》を唇で愛撫しながら、お錦は、濡れたような声で言う。

「で、そなたたちは何者なのか」

「ふ、ふ……仲間になると言ってくれたら、お話ししますわ」

「どうも埒《らち》が明かぬようだな――」

竜之介は、お錦の軀を後ろに倒した。

そして、彼女の両足首を掴んで、その軀を二つ折りにする。屈曲位だ。

「責めて責めて、全てを白状するまで責め抜いてやろう」

そう言って、再び抽送《ちゅうそう》を開始する。

「ひっ、ひっ……そんなにしたら、壊れちまうわ……許して」

お錦は怯《おび》えた顔になった。

「全てを話せば、許してやる」

そう言って、竜之介は力強く腰を使う。

「駄目っ、強すぎる……あああ、あ」

荒々しく犯されているうちに、お錦は、正気を失った者のようになった。

「言う、何でも言うわ……だから、突き殺してぇっ」

「よし」

竜之介が、さらに責めようとした時、女の首に何かが突き刺さった。

「ひぐっ……」

かっと目を見開いたお錦は、そのまま表情が凍りついてしまう。

それは、長さ五寸ほどの鉄の棒であった。

太さは筆の軸ほどで、真ん中あたりに指を通す鉄環《てつかん》が付いている。

唐渡《からわた》りの〈寸鉄《すんてつ》〉という隠し武器であった。

普通は、鉄環に中指を通して握りこみ、打突《だとつ》用に使う。

が、今は、鉄環のところまで深々と、お錦の首に突き刺さっていた。

「ぬっ」

竜之介は、咄嗟《とっさ》に脇の膳の徳利を摑んだ。

寸鉄が飛んで来た庭の方を見ると、栗の木の枝に職人のような風体《ふうてい》の男が乗っている。

そいつは、第二の寸鉄を放とうしていた。

結合を解いた竜之介は、徳利を投げつける。

ただの徳利だが、剣術の達人が投げたそれは、男の左肩に当たって微塵《みじん》に砕けた。

「ぎゃっ」

職人風の男は、もんどり打って地面に落ちる。

その時、次の間との境の襖《ふすま》を蹴り倒して、六畳間に飛びこんで来た男がいた。

そいつも職人風で、手鑓《てやり》を構えている。

「死ねっ」

男は、手鑓を突き出して来た。

竜之介は大刀を摑むと、片膝立ちで抜き放った。手鑓の先端を、斬り飛ばす。

そして、なおも手鑓の柄《つか》で突こうとする男を袈裟懸《けさが》けに斬る。

「う……………」

男は、仰向《あおむ》けに倒れた。

庭の方を見ると、地面に落ちた男の姿は、消えている。逃げ去ったのであろう。

竜之介は、お錦を見た。

見開いた目は焦点を失って、水っぽくなっている。すでに絶命しているのだ。

「これで、虎のために三人目が死んだか——」

溜息《ためいき》をついて、竜之介は、彼女の瞼《まぶた》を閉じてやった。


「いや、もう、驚きましたよ」

歩きながら、由造《よしぞう》が言う。

「折良く、宅《うち》に来る途中の使い屋の参吉《さんきち》に出会ったんで、佐賀町の番屋に駆けつけました。でも、寅松はいるが竜之介様の姿がない。手分けして探してたら、あの路地口に切断された短矢《たんし》が落ちてるじゃありませんか。これは、女を射殺《いころ》した奴が竜之介様を襲ったに違いない、そいつを追いかけて行ったんだ——と思って、こうやってお探ししてたわけで」

竜之介と会えて安心したせいか、由造は一気に喋った。

身繕《みづくろ》いした竜之介が自身番へ戻る途中で、下っ引の久八《きゅうはち》を連れた由造と、松永橋で出会ったのである。

それで、三人でお錦の家へ引き返しているところであった。

「あの家だ、由造」

「なるほど。三味線稽古処《どころ》と看板が掛かってますね」

由造は家へ入る前に、

「おめえは、ここで見張っていてくれ」

「承知しました」

久八は頭を下げる。

竜之介と由造は玄関から上がって、六畳間に入った。

「むっ」

竜之介は顔色を変えた。

そこにあるはずの、お錦と手鎚の男の屍《し》体《たい》が消えていたのである。手鎚もなかった。

ただ、畳に鮮血の痕《あと》が残っているだけだ。

「お錦の仲間の仕《し》業《わざ》か……」

「探索の手がかりを残さないためですかね」

血痕を見つめながら、由造が言う。

「そうだろうな」

竜之介は縁側へ出て、裏木戸が開いているのを見た。

「二人を裏から運び出して、大八車か何かで運び去ったのだろう」

「えらく手まわしの良い奴らで」

「そうだ。わしを松浦竜之介と知っていて、虎縞のような着物で気を引き、女の色香で仲間に引きこもうとした。手まわしが良くて……しかも、口封じのために仲間ですら殺す恐ろしい奴らだ」

厳しい口調で言う、竜之介なのであった。

三

左の掌《てのひら》の上に、ふっくらとした可愛い雛《ひな》が乗っている。

人差し指の腹で頭を撫でられて、雛は気持ちよさそうに目を閉じていた。

夕方の濡《ぬ》れ縁《えん》に、その女は座っている。

「――そうか、お錦を始末したのか」

切下げ髪の女は、溜息《ためいき》をついた。

「色仕掛けで男を手玉に取るのは上手だが……いざ、自分が責められる側になると、弱かったというわけだな」

撫でていた指が止まったので、雛は目を開いた。

小首を傾《かし》げるようにして、女を見上げる。

「まあ、仕方がない。その松浦という浪人は、あたしたちの仲間になることを拒んだわけだから……」

女は、右手を開いた。

雛の頭を右の掌で包みこむようにして、きゅっと捻《ひね》る。

野の花を摘むよりも簡単に、雛の首がへし折られた。

「殺すしかないようだね」

そう言って、女は雛を放り出した。

地面に落ちた雛の死骸に、すぐさま蟻《あり》がたかり出す。

四

「竜之介様、昨日は厄日《やくび》でしたね」

翌日の午後――浅草阿部川町の家へ、由造がやって来た。

「あれから、大八車の行方を捜したんですが……これといった手がかりもなくて、面目ございません」

「いや、仕方がない」

茶を飲みながら、松平竜之介は言う。

「あの家から少し離れたところで屍体《したい》を舟に移して、沖で重石《おもし》を付けて海に沈めたのではないかな」

「なるほどねえ……どこかに埋めるよりも、その方が手っ取り早いですね」

「酷《むご》い話だが」

竜之介は、巨根に翻弄《ほんろう》されて乱れるお錦の悦《よ》がり顔を思い出していた。

お錦、わしが仇敵《かたき》はとってやるぞ――と胸の中で誓う。

「ところで、小舟の女の身許《みもと》がわかりました」

「ほう……」

「名は、お島《しま》。年齢は二十二で、豊島町《としまちょう》の〈和泉屋《いずみや》〉という提灯《ちょうちん》屋の女中です
――」

――昨日の午後、お島は主人の言いつけで、回向院《えこういん》の門前にある菓子屋の羊羹《ようかん》を買いに出かけた。

それが夕方になっても戻らないので、店の者が心配して探していたのだが、今

朝になって小舟に乗った女の屍体の噂を聞いたのである。

すぐに手代が深川佐賀町へ駆けつけ、自身番で屍体がお島であることを確認したのだった。

「お島の二親《ふたおや》は亡くなっておりまして、身内は富沢町《とみざわちょう》の古着屋に奉公している姉だけ。その姉のお沢というのに話を聞いたんですが、殺されるような心当たりもなければ、〈虎〉も何のことかわからないそうで」

「一昨日《おととい》の夜に斬られたお蓑《みの》という女とは、関わりがないのか」

「今のところは、ございません。親戚でも知り合いでもなく、和泉屋の主人も牛込《うしごめ》の蔦屋《つたや》を利用したことはないそうで」

蔦屋というのは、浪人者に惨殺されたお蓑が奉公していた料理茶屋である。

「つまり、殺された二人の女には何の繋がりもない……しかし、〈虎〉という共通の謎がある」

「そうですね」と由造。

「舟に残され血文字は、〈虎の〉でした。これがどういう意味なのか……」

由造が腕組みして考えこんだ時、

「旦那、親分、こちらですかっ」

玄関の方から、下っ引の松吉《まつきち》の声が聞こえて来た。

「おう、ここだ」

由造が腰を浮かせると、松吉が、あたふたと駆けこんで来た。

「あ、旦那。お騒がせしまして」

竜之介にお辞儀をしてから、松吉は由造へ、

「親分、虎が見つかりましたよ、虎がっ」

「何だとっ」

由造は立ち上がった。

五

「あの小屋ですよ――」

不忍池《しのばずのいけ》の南側――湯島天神の境内で、松吉は、筵掛《むしろが》けの小屋を指さした。

菅原道真を祀《まつ》る湯島天満宮は、文明十年に太田道灌《どうかん》が修建したといわれている。

浅草寺《せんそうじ》の奥山と同じように、その境内には観世物《みせもの》小屋や楊弓屋《ようきゅうや》、飲食の店が建ち並んでいた。

参詣を終えた客たちで、大いに賑わっていいる。

松吉を先頭にして、松平竜之介と由造が向かっているのは、宮芝居《みやしばい》の小屋であった。

町奉行所に常設を許された芝居小屋は、堺町《さかいちょう》の中村座、葺屋町《ふきやちょう》の市村座、木挽《こびき》町の森田座の三座だ。

ここで演じられる芝居が、江戸の庶民の最大の娯楽なのである。

この三座で、一日に千両もの金が落ちると言われたほどだ。

だが、それ以外にも、晴天百日《せいてんひゃくにち》を限りとして芝居の上演が許されている小屋があり、これを〈宮芝居〉という。

江戸府内の芝神明《しばしんめい》・湯島天神・市ヶ谷八幡・神田明神・平河《ひらかわ》天神・氷川《ひかわ》明神などの十一箇所に、宮芝居の小屋があった。

今――湯島天神の芝居小屋の木戸口では、呼びこみの男が塩辛声で客を呼んでいた。

木戸口の庇《ひさし》の上には、〈国性爺合戦《こくせんやかっせん》〉という大きな看板が掛けてある。

近松門左衛門《ちかまつもんざえもん》作による人形浄瑠璃を芝居にしたもので、明国《みんこく》人と日本人の血をひく和藤内《わとうない》が主人公の冒険譚《だん》だ。

「あの看板を見てください」

横向きの看板には、和藤内の反対側に大きな虎が描かれている。

「ご存じの通り、国性爺で人気があるのは二段目の虎狩りの場面です。この小屋では、豊助《とよすけ》という役者が虎の役をやってるんですが――」

和藤内が母とともに千里《せんり》ヶ《が》竹《たけ》という竹林に迷いこむと、大きな虎が現れる。この虎を力自慢の和藤内がやっつけて、天照皇大神宮《てんしようこう》の護符《ごふ》で押さえこむという展開だ。

作りものの虎は、大きいものは二人組で入ることもあるが、普通は一人である。豊助は身軽で、虎の格好で逆立ちしたり蜻蛉《とんぼ》返りをしたりで、大人気だそうだ。

「その豊助が、一昨日《おととい》殺されたお蓑の情夫《いろ》らしいんです」

「一緒に暮らしていたのか」

看板を見ながら、由造が訊く。

「いえ。豊助は長屋暮らしで、時々、お蓑のところに通ってたようで」

「お蓑を殺したのは浪人者だが、最期に〈とら〉と言ったのは、豊助のことだってわけか」

「そんなところで」

「ふうむ……」

豊助は虎役があまりに人気なので、近ごろでは周囲から〈虎助〉とまで呼ばれているらしい。

なので、お蓑も死に際に「虎助に…」と言いかけたのでは――というのが、松吉の推理であった。

「松吉、おめえは当たり籤《くじ》を引いたかも知れねえな」

由造は深々と頷いた。

「だが、お蓑の言葉はそれで筋が通るとして、昨日のお島が〈虎の〉と書き残したのを、どう考えるかだ」

「お蓑とお島には繋がりはない――という話だったが」と竜之介。

「ひょっとしたら、虎助こと豊助が、お島と知り合いなのかも知れぬ」

「さすが、旦那だ」

松吉は、嬉しそうに手を打つ。

「たしかに、それなら両方とも繋がりますね」

「よし。とにかく、本人に当たってみよう」

由造が三人分の木戸賃を払って、芝居小屋の中へ入った。

懐《ふところ》の十手を見せれば、木戸銭を払う必要はないのだが、それでは豊助に御用聞きが来たことが伝わってしまうかも知れない。

小屋の作りは粗末で、屋根はなく、天井に筵が渡してあるだけだ。

興行は晴天の日だけだから、板張りでなくても何とかなる。

舞台には、引幕も花道もない。村芝居のそれと大して変わりなかった。

客の入りは八割ほどである。

ちょうど二段目で、竹林を描いた背景布のまえで、和藤内と虎が絡んでいた。

役者の衣装も虎の被《かぶ》りものも、三座のそれより格段に落ちる。

だが、囃子方《はやしかた》の三味線の音《ね》も舞台の演技も、白熱していた。

和藤内が投げ飛ばす所作《しょさ》をすると、虎が宙で見事に一回転して、舞台に倒れこんだ。

客席が、わーっと沸く。

「なるほど、身軽だな」

客席の隅に立って舞台を見ながら、竜之介が言った。

「被りものを着て、あの動きは大したものだ」

護符を掲げて和藤内が見栄《みえ》を切ると、虎は降参の格好になる。

客席から、盛んに掛け声が飛び、拍手が沸いた。

そして、和藤内も虎も楽屋へ引っこむ。

「親分、虎の出番は二段目だけです」

「よし――」

由造たちは脇からまわって、楽屋へ入った。

「御免よ」

十手を見せて、由造は楽屋を見まわす。

役者や裏方たちが、何事かと一斉に彼の方を見た。

「俺は白銀町《しろがねちょう》の由造って者だが、虎の役をやってる豊助に話を聞きたい」

「これはどうも、親分。お役目、ご苦労様でございます――」

立ち上がった座頭《ざがしら》が、丁寧に頭を下げる。

「虎助…いや、豊助でしたら……あの陰で被りものを脱いでおります」

楽屋を仕切っている幕を、座頭は片手で示した。

「そうか」

由造たちが幕の陰に入ると、そこには虎の被りものが脱ぎ捨てられていた。

しかし、どこにも豊助の姿はない。

「おい、豊助はどこだっ」

由造は、近くにいた男に厳しい口調で訊いた。

「と、豊さんなら…」

その道具係が震え上がって、

「たった今、裏口から出て行きましたよ」

「何っ」

それを耳にするや、竜之介は裏口から飛び出した。

第三章　百合之助変化《ゆりのすけへんげ》

一

楊弓屋《ようきゅうや》の脇を走り抜ける豊助《とよすけ》を、松平竜之介《たつのすけ》が追う。由造《よしぞう》と松吉《まつきち》が、それに続いた。

「待てっ」

様々な仮小屋の間を抜けて、豊助は、境内の裏手の林の中へ駆けこむ。

竜之介たち三人も、逃さぬように左右に分かれて、薄暗い林の中へ走りこんだ。

すると、頭上に不審な気配があった。

「むっ」

竜之介が見上げると、大きな投網《とあみ》が落下して来るところであった。

抜く手も見せずに抜刀した竜之介は、その剣を二度、振るう。

投網の真ん中が、十文字に断り裂かれた。

そのため、投網が地面に落ちても、竜之介が拘束されることはなかった。

「あっ」

「わわっ」

しかし、左側の由造と右側の松吉は、投網に絡みつかれて藻掻《もが》いている。

「待っていろっ」

二人にそう声かけて、竜之介は、大刀の鞘《さや》から笄《こうがい》を抜いた。

その笄を、頭上へ手裏剣のように打つ。

「がっ」

松の枝葉の陰に潜んでいた男が、腕に笄が刺さって、どさっと地面に落ちて来た。

そいつは、藍色《あいいろ》の装束《しょうぞく》を着こんでいる。

竜之介は、その男の首の付根《つけね》に大刀の峰を叩きこんだ。

「う……」

たまらず、そいつは気を失った。

すると、左右の松の木から、同じ藍色の装束の男たちが降り立った。

二人は、懐《ふところ》の匕首《あいくち》を抜く。

この三人が、樹上から竜之介たちに投網を放ったのである。

「その方《ほう》どもは、何だ。豊助の仲間か」

竜之介は、左右の敵を等分に見ながら問う。

豊助は、林の奥へ逃げてしまったようだ。

「……………」

「……………」

二人は無言で、じりじりと竜之介に迫る。

が、仕掛けられるよりも先に、竜之介がいきなり動いた。

瞬《まばた》きする間に、二人の匕首を打ち払う。

「え」

自分の手の中から匕首が消えて、二人の男は愕然《がくぜん》とした。

「逃げようとしたら、二人とも斬る。尋常《じんじょう》に縛《ばく》につけ」

竜之介は命じた。

「……………」

追いつめられた二人は、顔を見合わせる。

その時、

「ぬっ」

竜之介は、何かを大刀で払った。

石礫《いしつぶて》が、彼の頭を目がけて飛んできたのである。

それが飛来した方を見ると、振袖《ふりそで》に袴《はかま》という姿の美少年が、風のように駆け寄って来る。

若衆髷《わかしゅまげ》を結《ゆ》っているが、中剃《なかぞ》りはしていない。

その振袖若衆は、すらりと細身の大刀を抜いて、竜之介を制した。

「早く、政《まさ》を連れて行け」

男たちの方を見ずに、鋭く命じた。

「百合之助兄《あに》ィっ」

「すまねえっ」

二人は、倒れている政という男を引き起こし、笄を抜き捨てて逃げ出す。

「その方も、お蓑《みの》やお島《しま》、お錦《きん》を殺した者どもの仲間か」

竜之介は、百合之助という美少年に問いかけた。

「〈虎〉とは何のことだ。泰平の世に、なにゆえ酷《むご》たらしい殺人を繰り返すのか」

「黙れ」と百合之助。

「泰平の世とは、笑わせる。何も知らぬ愚か者のくせに、大きな口を叩くな」

そう言って、斬りこんで来た。

竜之介が、その大刀を打ち払おうとすると、くるりと手首を返してかわす。

「ふうむ……」

竜之介は、その素早い身のこなしを見て、

「その方は女か」

「馬鹿め」

百合之助は冷笑した。

「俺は女を捨てている。甘く見ていると、大怪我をするぞ」

それから、ちらっと三人の男たちが逃げた方を見て、

「松浦竜之介――後日、改めて挨拶するぞ」

そう言って、身を翻《ひるがえ》した、
美しい蝶《ちょう》のように振袖をなびかせて、男装娘の百合之助は駆け去った。

「……竜之介様、申し訳ありません」

ようやく投網から抜け出した由造が、松吉を助けながら言った。

「わたくしどもが、足手纏《あしでまと》いになってしまいまして」

「いや、気にするな」

納刀して、竜之介が言う。

「そなたたちが無事で良かった。とにかく、豊助が悪党の仲間だったということがわかったのは、収穫だった」

落ちていた笄を拾って、懐紙《かいし》で拭いをかける。

「何も知らぬ愚か者……か」

男装娘の逃げ去った方を見て、竜之介は呟《つぶや》いた。

二

その夜――浅草阿部川町の家にいる松平竜之介に、由造が報告にやって来た。

「松吉と久八《きゅうはち》も、おっつけ参ると思いますが――豊助が住んでいた下谷《したや》の青空長屋へ行って、うちの中を調べて来ましたが、着替えや何かあるだけで、怪しいものは何も出て来ませんでした……あ、これはどうも」

竜之介に酌をして貰って、由造は恐縮した。

近所に住むお久《ひさ》という老婆《ろうば》が用意してくれた酒肴《しゅこう》の膳を前にして、二人は話をする。

「座頭《ざがしら》の紋太夫《もんだゆう》の話では——前に国性爺の虎の役をやっていた役者は、手のつけられない酒乱だったそうで。半年ばかり前に、そいつは酔っぱらっての喧嘩で人を傷つけ、八丈島《はちじょうじま》送りになってしまったんですね。大事な役なので座頭が困っていると、あの豊助が売りこみに来た。旅芝居の一座にいたが、その一座が解散してしまったんで、こちらで使って欲しい——と」

「ふうむ……」

「で、試しに虎の被《かぶ》りものを着せてみると、これが見事に蜻蛉《とんぼ》を切るし、動きに愛嬌《あいきょう》がある。素性《すじょう》はあやふやだが、すぐに雇うことになったそうで。まあ、旅芝居の役者なんて、大雑把に言えば故郷に居場所のなくなった者の寄り集まりみたいなものですから、座頭の判断も誤りとは言えません。豊助が青空長屋へ住んだのも、座頭の口利きだったそうで。役者としては実に真面目で、酒や博奕《ばくち》や女に溺れるわけではなく、紋太夫は喜んでいたそうなんですが」

「蔦屋《つたや》のお蓑と関わりがあったことは？」

「木戸番の話じゃ、二、三度、それらしい女が芝居を見に来ていたそうですが……

あまり、はっきりしません。提灯屋《ちょうちん》のお島のことは、誰も知りませんでした」

「だが――豊助が〈虎〉に絡む殺しに関わりがあることは、芝居小屋から逃げ出して仲間に救われたことでも明らかだ」

「そうですね」と由造。

「あの百合之助という男装娘の一味も、虎を探している……竜之介様を色仕掛けで仲間にしようとしたお錦の一味も、虎を探している……」

「百合之助の一味とお錦の一味は違うようだから、二派の悪党が暗躍していることになるな」

「どうも、奥の深そうな事件ですね」

「だが、少なくとも、殺しの原因になっている〈虎〉は、芝居の役ではないことだけは確かだ……元より、生きた虎のことでもない。虎を描いた掛軸《かけじく》とか置物とか刀の鐔《つば》とか、何か形のあるものではないか」

「なるほど」

「悪党どもは、虫を捻《ひね》り潰《つぶ》すよりも簡単に人を殺してでも、その虎を手に入れようとしている。だから、よほど値打ちがあるのだろうな」

「お宝というわけですね」

「そうだ」竜之介は言う。

「とにかく、これ以上の血が流されないように、その虎の正体を突きとめて、悪党どもよりも先に捜し出さねばならぬ」

「全くです」

由造が頷いたとき、玄関の方から「遅くなりました」と松吉の声がした。

三

「いや、あの家に決まって、良かったですよ」

寅松《とらまつ》が、ほっとしたように言う。

「一昨日《おととい》の件でごたごたして、どうなることかと思いましたが」

「うむ。良い家を見つけてくれた」

翌日の正午前《ひる》――松平竜之介と寅松は、本所の横川《よこかわ》沿いの道を歩いていた。

中之郷《なかのごう》で第二の隠れ家となる家を見て、借りることに決めてきたのである。

近所の徳治郎《とくじろう》とお北という老夫婦に金を渡して、隠れ家の世話を頼んだ。

これで、いつ何時《なんどき》でも身を隠せる場所が確保されたわけである。

それから竜之介は、ふと、「お島が奉公していた提灯屋を見てみよう」と思い立った。

その提灯屋というのは、豊島町《としまちょう》の和泉屋《いずみや》である。

豊島町へ行くには、中之郷瓦《かわら》町から大川沿いに下って両国橋を渡れば良いのだが、寅松が「大川はやめましょう」と言い出した。

「なぜだな」

「また変なものが流れて来たりしたら、験《げん》が悪いですよ」

「ふうむ……屍《し》体《たい》の乗った小舟は、そう何度も流れては来ないと思うが」

苦笑した竜之介だが、大川沿いではなく、横川沿いに歩くことにした。

横川は、江戸時代初期に作られた南北にのびる堀割で、竜之介たちは、その東岸を歩いている。

西岸には町屋が並んでいるが、東岸は小梅村で百姓地の中に大名屋敷や旗本屋敷があった。

空は雲も少なく、陽射しは強い。

「今年も暑くなりそうですね」

「実りの秋のためにも、ほどほどの暑さにしてほしいものだな」

そんな平和な話をしながら歩いていると、竜之介の顔が、にわかに緊張した。

行く手に、浪人者が立っている。

小太りの男で、初めて見る顔だが、数日前にお蓑を斬った浪人者であることは躯《からだ》つきからわかった。

「旦那……？」

「どうやら待ち伏せのようだ」

竜之介が立ち止まると、浪人者の方から近づいて来た。

「松浦竜之介――先夜《せんや》は、よくも邪魔をしてくれたな。まだ、この傷が疼《うず》くわ」

浪人者の左のこめかみに、白扇《はくせん》が命中した痣《あざ》が残っている。

「意趣返しか」

「そうだ。貴様を叩っ斬らねば、この浜田角蔵《かくぞう》の気が済まぬ」

憎々しげに、浜田浪人が言った。

「仕方がない、お相手しよう」

竜之介がそう言うと、相手は狡猾《こうかつ》な笑みを浮かべる。

「では、こちらへ来て貰おうか――」

田畑の間の木立《こだち》の中へ、浜田浪人は二人を連れこんだ。

小さな社《やしろ》があり、その昇降段《きざはし》に二人の浪人者が腰を下ろしている。

木立の中は涼しかった。

「おう、来たか」

二人は立ち上がった。その二人も、にやにやと嗤《わら》っている。

「旦那、何かおかしいですよ」

寅松が、竜之介の耳元で囁《ささや》いた。

竜之介の腕前を知っているはずなのに、相手は余裕たっぷりなのである。

「うむ……」

竜之介は頷いて、周囲に目を配った。

どこかに、弓矢を持った伏兵が隠れているのかも知れない。

その時、幼児の泣き声が聞こえてきた。

「ん？」

竜之介が訝《いぶか》ると、社の木《き》連格子《づれごうし》の扉が左右に開いた。

中から、四人目の浪人者が出て来る。

そいつは、五歳くらいの女の子を抱えて、左手に脇差を持っていた。

女の子は怯《おび》えて、めそめそと泣いている。

「腰の物を捨ててもらおうか」

浜田浪人は、勝ち誇ったように言った。

「言う通りにせねば、この子の命はないぞ」

四人目の浪人が、脇差の切っ先を女の子の胸に近づける。

「何の罪もない子供を人質にとるとは……貴様ら、それでも侍かっ」

竜之介の双眸《そうぼう》が、怒りに燃える。

「うるさいっ」と浜田浪人。

「悔しいか。これは策略というものだ。戦《いく》さと同じで、知恵のまわる方が勝つのだ」

「………」

「大小を捨てろ、そんなに、子供の死《し》に様《ざま》が見たいのか」

「……よかろう」

竜之介は、左腰から大刀と脇差を抜いた。

「だ、旦那……」

「寅松。離れておれ」

その大小を、竜之介は地面に置く。

「よしよし、こっちへ来い。町人は、もっと後ろに退《さ》がれ」

浜田浪人の命令通り、竜之介は、社の前に立った。

浜田浪人と仲間の二人が、竜之介を囲む。

「その気取った面《つら》、膾《なます》斬《ぎ》りにしてくれる」

三人は、大刀を抜いた。

「……」

竜之介は寅松の方を見て、軽く頷いた。

機会を見て子供を助けろ――という合図である。

「……………」

寅松も、わずかに頷いた。

浜田浪人たちは、じりじりと竜之介に近づく。

四人目の浪人は緊張した表情で、それを見つめていた。

寅松は目立たぬように、少しずつ社の方へまわりこむ。

「ええいっ」

斜め後ろの浪人者が、竜之介に斬りこんだ。

その刃《やいば》をかわすと、竜之介は、相手の腕をとって投げ飛ばす。

「わっ」

そいつは、背中から地面に叩きつけられた。

「むむ……」

四人目の浪人者は、子供を抱えたまま昇降段を降りてきた。

「くそっ」

左側にいた浪人者が、諸手突《もろてづ》きを繰り出す。

竜之介は一歩退がり、その手首に手刀《てがたな》を打ちこんだ。

「ぎゃっ」

そいつは、大刀を取り落とした。

その時には、寅松は、社の右側にまで接近している。

「うおおおっ」

吠え声を上げて、浜田浪人が大刀を振り下ろして来た。

竜之介は、腕を十字に組んで、相手の腕を受け止める。

そして、左へまわりこんだ。社に背を向けた格好になる。

四人目の浪人者は、それを見て、脇差の切っ先を女の子から外した。

背後から、竜之介を脇差で突き刺そうとする。

その瞬間、右脇から、寅松が体当たりした。

「あっ」

浪人者は、左側に転倒した。女の子は、地面に投げ出される。

寅松は素早く立ち上がって、女の子を拾い上げ、逃げ出した。

「ま、待てっ」

四人目の浪人者は、あわてて立ち上がろうとした。

その時、竜之介は、浜田浪人の軀を後ろへ押しやった。

落ちていた大刀を拾うと、竜之介は、四人目の浪人を袈裟《けさ》懸《が》けに斬る。

そして、身を翻《ひるがえ》すや、浜田浪人たち三人を鬼神《きじん》のような勢いで斬り倒した。

「――――」

竜之介は、溜めていた息を長々と吐いた。

斬られた四人は、ぴくりとも動かない。

「旦那、お見事っ」

泣いている女の子を抱えて、寅松が駆け寄った。

「一人くらいは生かして、虎のことを聞き出すべきだったが……」

竜之介は血刀《ちがたな》を捨てて、自分の大小を拾い上げる。

「万が一にも子供に危害を加えぬように、四人とも斬るしかなかった」

「そうだ、そうです、そりゃそうですよっ」

女の子をあやしながら、寅松は何度も頷いた。

「よしよし、もう大丈夫だ。怖かったろうな、家へ帰ろう……ところで、お前、名は何というんだ?」

すると、遠くから「お菊《きく》、どこだ、お菊」と呼ぶ声がした。

寅松は、女の子の顔を覗きこんで、

「お菊坊、お前、お菊坊かえ」

すると、女の子は、こくりと頷いた。

「お菊、返事をしてくれーっ」

泣き声が聞こえたものとみえて、子供を探す声が近づいて来る。

四

「いや、もう、何とお礼を申し上げてよろしいのやら……この娘にもしもの事があったら、わたくしは女房の位牌《いはい》の前で首を吊っても間に合いません」

先ほどから何度も何度も同じことを言いながら、松平竜之介に向かって頭を下げている市右衛門《いちえもん》なのである。

その脇では、お菊を膝の上に乗せた乳母《うば》のお杉《すぎ》が、「有り難うございます、有り難うございます」と何度も頭を下げていた。

そこは――小梅村《こうめむら》の市右衛門の屋敷の座敷であった。

上座に座った竜之介と寅松の前には、豪華な酒肴《しゅこう》の膳が置かれている。横川町の仕出し屋から取り寄せたものであった。

多くの田畑を所有している市右衛門は、葛飾郡《かつしかごおり》でもそれと知られた富農である。

お菊は、その市右衛門の愛娘《まなむすめ》であった。

今日の正午前《ひるまえ》――お菊は家の庭で鶏を追いかけまわし、お杉はそれを縁側から見守っていた。

そして、市右衛門に呼ばれたので、「お菊さん、ちょっと待ってて下さいね」と言って、お杉は奥へ入った。

ほんの煙草を一服するほどの間、用事が済んでお杉が縁側へ戻ってみると――お菊の姿が消えていたのである。

「おや……」

お杉は庭下駄を突っかけて、庭のあちこちを探したが、お菊は見つからない。

青くなったお杉は、すぐに奥へ駆けこんで市右衛門にそれを告げた。

「お菊がいなくなっただと？」

算盤《そろばん》も筆も放り出して、市右衛門は立ち上がった。

すぐに奉公人たちを呼び集めて、四方へ探しに出したのである。

そして、近隣の村人も総出でお菊を探していたら、木立《こだち》の方から子供の泣き声が聞こえてきた。

その木立の中へ入って見ると、竜之介たちとお菊の無事な姿を見出したのであった。

葛飾郡とはいえ、この辺りは江戸の町奉行所の管轄である。

なので、竜之介は「誰か人をやって、北町奉行所の与力の小林喜左衛門《きざえもん》殿と同心の高木弘蔵《こうぞう》殿に、松浦竜之介が呼んでいると伝えてくれぬか。両名が留守なら、同心の藤沢徳之助《とくのすけ》殿でもよい」と市右衛門たちに言った。

浜田浪人たちの死骸を片付けるのにも、町奉行所の許可が要るのだ。

そして、寅松と横川沿いの茶店で町方が来るのを待つつもりであった。

だが、「是非に」と担ぎ上げられるようにして市右衛門の屋敷へ連れて来られた、二人なのである。

「礼を言われるよりも、こちらは詫びる方だ。わしの私闘に大事な娘御《むすめご》を巻きこんで、まことに済まぬと思っている」

「何を仰《おお》せられますか」と市右衛門。

「聞けば、松浦様に辻斬りを邪魔されて逆恨みしたのは、あの浪人たち。その仕返しのために、一人で遊んでいた子供を掠《さら》ったのでしょう。うちのお菊でなくとも、通りすがりの娘さんでも誰でも良かったのです。それよりも――」

市右衛門は身を乗り出して、

「子供が人質にされたとみるや、すぐに相手の言う通りに刀を捨てられた……ご自分が斬り殺されるかも知れないのに……これは、誰にでも出来ることではございません」

いつしか、市右衛門は涙ぐんでいた。

「見も知らぬ百姓の子供のために、ご自分の命を投げ出される……こんな立派なお侍が……いらっしゃるとは……どのようにお礼をしても足りぬほど……」

「そこまでにしてくれ」

竜之介は片手を上げて、苦笑する。

「お菊が無事で良かった。互いに、それで終わりにしよう」

「はあ……ですが、お杉からお菊がいなくなったと聞いた時には、わたくし、また地獄のような思いをするのか、と」

「また、とは？」

竜之介は眉をひそめる。

「はい、それと申しますのも」

市右衛門は気を落ち着けてから、

「今を去ること十五年前――上の娘が行方知れずになったのでございます」

「それは気の毒な……つまり、このお菊の姉か」

「そうでございます。お雪《ゆき》――わたくしの長女になりますが」

市右衛門の話によれば――その日、七五三のお祝いで向島《むこうじま》の三囲《みめぐり》神社へ、お雪を連れて行く予定であった。

しかし、朝になって、女房のお常《つね》が「どうせなら、神田の明神様に行きましょう」と言い出したのである。

たしかに、七五三で参拝する寺社としては、江戸の総鎮守である神田明神が最も人気があった。

三囲神社は割と近所だから、行こうと思えばいつでも行ける――そう考えた市右衛門は、妻の提案に同意して、大川を越えて神田明神へ参詣したのだった。

ところが、境内のあまりの混雑ぶりに驚いていると、いつの間にか、人混みの中でお常はお雪の手を放してしまったのだ。

必死になって探したし、社務所にも近くの自身番にも届け出た。

しかし、お雪は見つからない。

首から下げた御守り袋に名前や住居などを書いた迷子札が入れてあるので、誰か親切な人が見つけてくれたら――と期待したのだが、何の連絡もなかった。

「あたしが三囲様を粗末にしたから」

お常は死ぬほど後悔して、三囲神社にお百度参りまでしたが、お雪の行方は知れない。

一時はやせ衰えて、寝こんでしまったお常である。

しかし、行方知れずから二年が過ぎると、さすがにお常も諦《あきら》めがついたらしく、前と同じように家事に励むようになった。夫婦の営みも再開した。

そして、十年後――思いもかけず、三十過ぎのお常は身籠《みごも》ったのである。

「これはきっと、お雪の生まれかわりに違いない」

夫婦してそう思ったので、流産しないように用心に用心を重ねて、ようやくお菊を産み落とした。

しかし、産後の肥立ちが悪く、お常はその二年後に亡くなったのである……。

「そういうわけで、わたくしに残されたのは、このお菊だけ……もしも、この娘を失うようなことがあったら、もう生きてはいられません」

揉み上げに白いものが混じった市右衛門は、そう言って手拭いを目頭《めがしら》に当てるのであった。

「左様であったか……」

竜之介も、しんみりした声になって、

「わしの母上も、五つの時に亡くなってな」

「それは……」

息を呑む、市右衛門であった。

「どうも、話が湿っぽくなった。このくらいにしておこう」

笑みを見せる竜之介を、市右衛門は、拝むような気持ちで見つめている。

そして、寅松が小用《こよう》に立つと、そっと付いて来た。

「寅松さん――松浦様の人品骨柄《じんぴんこつがら》、どうも、ただのご浪人とは思えないのだけれど……」

廊下の隅で、そう話しかける。

「はあ……まあね。ここだけの話ですが」

赤い顔になっている寅松は、声を潜《ひそ》めて、

「竜之介様――うちの旦那は、実はさるお旗本の御嫡男でして」

「やっぱり」

「で、剣の腕は達人、正義感が強くてあの姿形《すがたかたち》ですから、ご本人にその気がなくても若い娘っ子が放っておきません」

「そうでしょうなあ」

「まあ、色々とありまして、ご当主様に勘当されて、御家《おいえ》は御舎弟《ごしやてい》様が継ぐことになりました。ですが、表向きは勘当しても、そこは親子ですから……ご用人《ようにん》様が、中間《ちゆうげん》の倅《せがれ》のわたくしをお目付役にしまして。暮らしの費《つい》えも困らないように、そっとお屋敷から届けられています」

誰かから竜之介について尋ねられた時のために、予《あらかじ》め、寅松が用意しておいた架空の身上書であった。

もっとも、半分くらいは、事実も含まれている。

もしも、竜之介が大名の元嫡子であり、将軍家斉《いえなり》の娘婿《むすめむこ》だ――と話したら、市右衛門は腰を抜かしてしまうかも知れない。

「なるほど……」

深々と頷く、市右衛門だ。

「そうすると、寅松さん。この度《たび》のお礼を差し上げたいのだが、松浦様に受け取ってもらえるだろうか」

「そいつは、市右衛門さん。少し難しいと思いますよ。うちの旦那は、金に困っているわけじゃありませんし、ああいう風に淡泊な御方《おかた》ですから」

人助けが趣味のような竜之介なので、その度に礼金を貰っていたらきりがない

――と寅松は思っている。

「だから、市右衛門さん。これは、胸の中で借りにしておけばいいんです。いつか、うちの旦那が何か困ったことがあったら助けていただく――ということで」

「そうですか、よくわかりました。よくぞ、打ち明けてくださった」

市右衛門は、深々と頭を下げる。

「わたくしのような者が松浦様のお役に立てることがあったら、必ず、身代《しんだい》を投げ打ってでもお役に立って見せましょう。約束しますよ、寅松さん――」

第四章　三角屋《みすみや》の娘

一

「ああ……んぅ……」
全裸の女は、唇に押しあてられた飴色《あめいろ》の男根を咥《くわ》えた。
本物ではない。
張形《はりがた》──鼈甲《べっこう》で造られた中空の疑似男根である。
茎部に這《は》う血管まで精密に彫りこまれていて、普通の男のそれよりも一回り大きい。
手拭いで目隠しをされた女は、その張形をねっとりした淫蕩《いんとう》な舌使いで、しゃぶった。
年齢は二十七、八だろう。ふくよかな体型をしている。

「よし、よし」

これも全裸の切下げ髪の女が、その女の頰を撫でてやった。

張形は、その女の腰に三本の紐で装着されていた。

左右に一本ずつ、股間の下を通して三本目、これを腰の後ろで結んでいる。

そして、張形の根元に刀の鐔《つば》に似たものが付いていた。

この鐔の反対側にもう一本の小さめの張形があり、これは切下げ髪の女の花孔に挿入されている。

つまり、両頭張形というわけだ。

美女三千が侍《はべ》るという江戸城大奥は、男子禁制である。

将軍の手がつかない女たちは性欲を持て余して、一人で自慰に更《ふ》けるか、女同士で交わるしかない。

この大奥女中の一人用の自慰のために普及したのが張形であり、女同士の行為のために造られたのが両頭張形である。

これならば、男役も女役も、二人とも挿入の満足感を得られるというわけだ。

男役の方を小さく造ってあるのは、こちらが腰を使って主導権を得るためである。

あまり大きいと、男役の方が先に快感に溺れることがあるからだ。

今、切下げ髪の女は仁王立ちになり、跪《ひざまず》いた相手の口腔《こうくう》を張形で犯している。

この女――名を薊《あざみ》美という。

鋭角的な顔立ちで、美しいが目つきが冷たい。

女にしては背が高く、筋骨も発達している。

乳房は大きめであった。

「どうだ、お栄《えい》。これで犯されたいか」

薊美が、目隠し女――お栄を見下ろして訊く。

「は、はい……」

張形から口を外して、お栄が頷いた。

「いいだろう。その淫らな秘女子に、ぶちこんでやる」

お栄を押し倒して、薊美は、その上に覆いかぶさった。

豊饒《ほうじょう》な繁みに飾られた赤紫色の肉厚の花弁を押し広げて、唾液に濡れた鼈甲の張形が突入する。

「あ、あァ――……っ」

お栄は甲高《かんだか》い悲鳴を上げた。苦痛ではなく、歓喜の悲鳴であった。

目隠しで視覚を塞《ふさ》がれていると、官能の度合いが敏感になるのである。

「ふ……」

口の端《は》に冷笑を浮かべて、薊美は、腰の律動《りつどう》を開始した。

――松平竜之介《たつのすけ》が浜田浪人の惨殺事件に遭遇してから、七日目の午後である。

そこは、下谷《したや》の出合茶屋〈春秋《しゆんじゆう》〉の一室であった。

出合茶屋とは、現代でいうところのラブホテルである。

二寸ほど開けた障子窓から涼しい風が吹きこんでいるが、張形に翻弄《ほんろう》されるお栄は汗まみれになっていた。

――お栄は、牛込揚場町《うしごめあげばちよう》にある古着商・三角屋の別宅の女中であった。

両親は十数年前に亡くなり、彼女は下谷に住む叔父《おじ》の吾平《ごへい》夫婦に引き取られた。

そして、十年ほど前に三角屋に奉公したのである。

五日前の昼下がり――小間物屋《こまものや》の商人が、牛込の別宅の裏木戸に立って、お栄を呼び出した。

聞けば、叔父が高熱を発して明日をも知れぬ命である――という。

叔母《おば》のお浅《あさ》は看病のために亭主の枕元から離れるわけにも行かず、使い屋に手紙を届けてもらうのも、それなりに金がかかる。

それに、お浅は字を書くのが不得手《ふえて》だった。

だから、たまたま訪れた小間物屋に、お栄への言付《ことづ》けを頼んだのだそうだ。

「いいですね。たしかに伝えましたよ」

そう言って、小間物屋は去って行った。

お栄は急いで主人に事情を話して、外出を許してもらった。

そして、下谷の叔父の家に駆けつけたのだ。

ところが、叔父の吾平は、いつものように仕事場で印判を彫っているではないか。

吾平とお浅に小間物屋の伝言のことを話しても、二人は「そんな者は知らないし、頼み事をしたこともない」と言うばかり。

悪戯《いたずら》だとしても、お栄を騙して何の得があるのか、わからない。

「まあ、叔父さんが無事で何より」

貰い物の瓜《うり》を三人で食べて、久しぶりにおしゃべりを楽しんでから、お栄は叔父夫婦の家を出た。

主人に何と言い訳しようか、本当のことを話しても信じてもらえそうもないし
――と考えながら、お栄が歩いていると、

「――お栄さん」

不意に、呼び止められた。

呼び止めたのは、御高祖頭巾《おこそずきん》を被った美女である。

「あなた、三角屋のお栄さんでしょう？」

「はあ、そうですが……」

頷いたものの、お栄は相手に見覚えがない。

その不審げな表情に気づいたのか、女は微笑《ほほえ》んで、

「あたしは薊美と申します。父親が変った人だったので、こんな名前をつけられました」

「いえ、変だなんて」

「少しお話がしたいの。いいわね――」

何となく断りがたくて、お栄は、近くの出合茶屋に連れこまれた。

「実は、あたし、前にお栄さんを見たことがあるのよ。揚屋町の家の前で、町内の人と立ち話をしていたでしょう。その時、お栄さんと呼ばれていたから、名前がわかったの」

立ち話など毎日しているから、薊美が言うのが何時《いつ》のことであるのか、お栄に

はわからない。

「お酒が来たわ――一杯だけ、ね、形だけいいから口をつけて」

そう言って勧められているうちに、盃《さかずき》を重ねてしまったお栄なのである。

「お栄さんが羨《うらや》ましい、あたしなんか男みたいな軀《からだ》つきで……女はやっぱり、ふくよかなくらいでないと」

そんな風に言われたことは初めてなので、酒の酔いもまわり、お栄は浮き浮きした気分になってきた。

酒のにおいをさせたまま牛込に帰るのは困る――ということも、忘れてしまう。

「あたしね。一目見た時から、お栄さんのことが忘れられなくなって……」

そう言いながら、薊美は、お栄の手をそっと握った。そして、頬をこすりつける。

「あ、あの……」

「あたしのことが嫌い？」

いつの間にか、お栄は唇を吸われていた。

何人かの男と付き合ったことのあるお栄だが、薊美の接吻の巧みさに、頭に霞《かすみ》がかかったようになってしまう。

その日、お栄は初めて、女同士の交わりを体験したのである。張形で貫かれたお栄は、今までの男との行為では感じたことのない絶頂に叩きこまれた。

こうして身も心も薊美の虜《とりこ》になったお栄は、二日後の再会を約束して、ふらつきながら牛込へ戻ったのである。

主人には、「おかげさまで叔父は熱が下がりました。でも、お医者は、まだ安心できないというので、明後日も見舞いに行ってよいでしょうか」と説明した。

翌々日――お栄は薊美と別の出合茶屋で逢い引きし、前回以上の快楽を与えられたのである。

そして一日置いての今日――お栄は、薊美と三度目の密会をしているのだった。張形で緩急自在に責められて、お栄は哭《な》き狂った。

冷静に考えれば、薊美との出会いは都合が良すぎて不自然なのだが、もはや、そんなことを考える余裕はなくなっている。

「――ねえ、お栄」

嵐が過ぎ去ってから、薊美が囁《ささや》きかけた。

「お前の部屋で、じっくり愉《たの》しみたいね」

行為の最中の荒々しい口調ではなく、優しい言い方に戻っている。

「それは無理です」とお栄。

「実は……うちには警護のご浪人が七人もいて、交代で昼も夜も巡回していますから……誰も勝手には入れません」

「そうなの。残念だわね」

一度は諦《あきら》めたようなことを言ってから、薊美は、ふと、思い出したように、

「そうそう、良いものがあったわ――」

薊美は白い薬包を幾つか見せて、

「これはね。心配事があって眠れない人のために調合されたお薬なの。とてもよく効くのよ」

これを今夜の夕餉《ゆうげ》に、こっそり混ぜればいい――と薊美は言った。

「ご浪人たちも他の奉公人たちも朝まで眠りこけるから、その間にお前の部屋に忍びこんで、ゆっくりと愉しめるわ。でも、お前はお腹の具合が良くないと言って、食べちゃ駄目よ」

すでに、お栄の肉体は薊美の言葉を拒むことが出来なくなっていた。

薊美の機嫌を損ねて、会えなくなることが最大の恐怖であった。

それに、自分の部屋で薊美に抱かれることを想像しただけで、軀が熱くなってくる。

「……わかりました。薊美様の言いつけ通りにします」

「偉いわ、お栄」

薊美は、お栄の唇を吸った。目を閉じたお栄も、夢中で舌を絡める。

濃厚な接吻を続けながら、薊美の両眼には残忍な光が浮かんでいた。

二

白銀町《しろがねちょう》にある御用聞きの由造《よしぞう》の家を訪ねた松平竜之介が、牛込揚場町を通りかかったのは、薊美とお栄が三度目の密会をした日の深夜であった。

外濠沿いの土堤道《どてみち》を歩いていた竜之介は、

「む……」

不意に、足を止めた。

見下ろせば、十日月に照られたある家の裏手で、数人の人影が動いている。

（物盗りか……）

竜之介は素知らぬふりで、一度、行きすぎた。

そして、土堤から揚場町へ降りて、そっと引き返した。

路地から、その家の裏手を見る。

裏木戸が開いていて、その前に駕籠《かご》が置いてあった。

駕籠舁《か》きが二人、そして、黒い半纏《はんてん》に黒の川並《かわなみ》という職人風の格好をした男が二人、そこにたむろしている。

（あの風体《ふうてい》は……）

五日前に、竜之介を誘惑したお錦《きん》を寸鉄《すんてつ》で殺した者と同じ格好であった。

（あの家に押しこむ気か……それとも、もう仲間が押しこんでいるのか）

駕籠は何のために――と竜之介が考えていると、突然、家の中で怒号と剣戟《けんげき》の音が響き渡った。


その少し前――約束通りに開いていた裏木戸から、薊美は中へ入った。

彼女も、黒の半纏に黒の川並という姿である。

裏木戸の脇に、寝間着姿のお栄が立っていた。

「薊美様っ」

お栄が抱きついて来る。

「待たせたね」

薊美は、優しく抱きしめてやった。

「あら……その姿は」

ようやく気がついて、お栄が顔を上げる。

その瞬間、

「んぇ……？」

奇妙な音を口から漏らして、お栄の顔が固まった。

薊美が逆手《さかて》に持った匕首《あいくち》で、お栄の背中から心臓を刺したのである。

匕首を抜きながら、薊美は、お栄の軀《からだ》を突き飛ばした。

お栄は、背中から地面に倒れこむ。

「ふん……あたしが散々、可愛がってやったんだ。もう、この世に未練はないだろうよ」

薊美は冷笑した。

何が起こったのかわからないという表情のままで、女同士の痴戯《ちぎ》に溺れて利用されたお栄は、絶命していた。

薊美は振り向いて、

「入りな――」

そう命ずると、同じ格好をした手下が六人、音もなく侵入して来る。

薊美は、懐《ふところ》から折り畳んだ紙を取り出して、広げた。

お栄に描かせた間取り図であった。

「お前たち二人は、この浪人部屋へ行って、寝こんでる奴らを始末して来な。残りは、あたしと一緒に来るんだ」

「へい」

男たち頭を下げた。

蒸し暑いので、母屋《おもや》の雨戸は閉められていない。

普通に考えると不用心だが、警護の浪人たちがいるので、そこは奉公人たちも油断をしているのだろう。

四人の手下を連れて、薊美は、縁側から家に上がりこんだ。

奥の主人の部屋に辿り着くと、さっと襖《ふすま》を開く。

有明行灯《ありあけあんどん》に照らされて休んでいるのは、十代後半の娘であった。

細面《ほそおもて》で、人形のように清浄な美しさである。

この別宅の主人――三角屋の娘のお稜《りょう》であった。

「……」

薊美が、その枕元に片膝をついて、その顔を覗きこんだ。

すると、手まり髷《まげ》のお稜が、ゆっくりと目を開いた。

不審げに薊美の顔を見てから、はっと軀を起こす。

「だ、誰です……」

襟元《えりもと》を押さえて、誰何《すいか》した。

「おや、おや。お前、夕餉を摂らなかったのかえ」

「気分が優れないので、一口か二口で止めました……」

「なるほど。それで、眠り薬の効き目が浅かったのか」

「眠り薬……？」

「女中のお栄が、夕餉の中に仕込んだのさ。だから、この家の者は、お栄以外は眠りこけてるはずだったんだけどね」

「お栄が、そんなことをするなんて」

信じられない――という表情のお稜だ。

「おっと、お栄を叱ろうとしても無駄だよ。もう、あの世にいっちまったからね……まあ、あたしが匕首で突き殺したんだが」

「え」

お稜は息を呑んだ。

「あなたちは、一体……」

「外道衆《げどうしゆう》――人の道を踏み外した悪党だよ。あたしは頭《かしら》の薊美という」

「……」

「あんたは、お稜だね。起きていたなら都合がいい、訊きたいことがある」

薊美は、お稜の目を見つめて、

「母親の形見の金簪《きんかんざし》は――どこだ」

お稜の視線が、ちらっと鏡台の方へ動いた。

「鏡台だ」

薊美がそう言うと、手下の一人が素早く鏡台へ飛んだ。

引き出しを開けて、細長い小箱を取り出す。

「薊美様――」

受け取った薊美は、その蓋《ふた》を開く。

金色の簪を飾っているのは、紅《あか》い珊瑚《さんご》玉《だま》であった。

「これが母親の形見なんだな？」

「はい……お金は差し上げますから、それは返してください。わたくしには大事なものです」

「残念だが、それは出来ないね」

薊美は嗤《わら》って、蓋を閉めた小箱を懐に入れた。

「心配するな。簪だけじゃなくて、お前も一緒に連れて行くから」

「えっ」

驚くお稜の鳩尾《みぞおち》に、薊美は拳を叩きこむ。

「う……」

前のめりになって、お稜は意識を失った。

「よし、娘を担ぎ出すんだ」

そう言って、薊美は立ち上がった。

手下の二人が、お稜を肩に担ぎ上げる。

その六人が庭へ出た時、

「何者だっ」

怒号が響いて、人を斬る音がした。

「ぐわっ」

浪人部屋の障子を突き破って、外道衆の手下の一人が庭へ転げ落ちる。

血まみれで、絶命していた。

さらに大刀と匕首がぶつかる音がして、斬殺音とともに、もう一人の手下も廊下に倒れこむ。

三

その部屋から、刀を手にして二人の浪人者が出て来た。

「貴様らか、飯に一服盛ったのは」

薊美たちを見て、大柄な浪人が言った。

「川路《かわじ》さん。お稜殿を掠《さら》いに来たんですな、こいつら」

色黒の浪人者が言う。

「眠りこんだ仲間を刺し殺しやがった。生かしてはおけん」

他の五人は、寝こんだまま殺されたらしい。

「薬の効き目の浅い奴が、まだ二人もいたか……」

薊美は舌打ちして、

「まだ、ふらついてるようだ。始末しなっ」

手下たちに命じた。

裏木戸の外にいた四人も、庭へ飛び込んでくる。

そいつらは、寸鉄や匕首《あいくち》を構える。駕籠《かご》舁きの先棒《さきぼう》と後棒《あとぼう》に化けた二人は、息《いき》杖《づえ》を構えた。

「相手は二人だ。一人に三人ずつ、一度に仕掛けるんだよ」

薊美はそう指図してから、お稜を担いでいる二人に、

「早く、娘を駕籠へ乗せるんだ」

「へいっ」

その二人は、裏木戸から出て行った。

「ええいっ」

川路と呼ばれた浪人者が、正面の手下を斬り倒した。

その隙《すき》に、駕籠舁きの後棒が息杖で殴りかかる。

が、川路浪人は反転して、振り下ろされた息杖を斬り飛ばした。

さらに、そいつの首筋を薙《な》ぐ。

「……？」

悲鳴を上げることも出来ずに、ぱっくりと斬り割られた首から血を振りまきながら、後棒は後ろへ倒れた。

その間に、色黒の浪人も、駕籠昇きの先棒を袈裟《けさ》懸《が》けに斬っている。

「むむ……」

外道衆の残った三人は、後退して間合をとる。

「少しはやるようだね」薊美が前に出て、

「お前たちは退《さ》がりな。あたしが相手をしてやろう」

「女、貴様がこいつらの頭目か」

川路浪人が睨めつける。

「外道衆の薊美と申します。どうぞ、お見知りおきを」

嘲《あざけ》るように一礼する薊美だ。

「女を斬るのは刀の穢《けが》れだが、手向かいすると容赦せんぞ」

「刀の穢れ、ねえ……ふふ」

薊美は懐《ふところ》に手を入れて、革袋を取り出した。

そして革袋に右手を入れて、何かを振り出す。

月光に煌《きら》めきながら、さーっと広がったのは十本の銀色の糸であった。

長さは八尺以上――二メートル半ほどで、その根元の柄《つか》を薊美の右手が握っている。

「なんだ、それは。大道芸人の観世物《みせもの》道具か」

色黒の浪人者が、せせら笑った。

ものも言わずに、薊美は色黒の浪人者に向かって、その銀色の糸を振った。

「むっ」

それを払おうとした大刀だけでなく、浪人者の顔や首にも銀糸が巻きつく。

薊美は、柄を後方へ引いた。

しゅ――っ、と銀糸が戻って、大刀が奪われる。

「くォ…ああ……っ？」

驚くべきことに、色黒の浪人者の顔面や首の皮と肉が、剃刀《かみそり》を使ったように斬り裂かれた。

顔と首から血を噴きながら、色黒の浪人者は倒れる。

「銀糸鞭《ぎんしべん》――この銀糸は鋼《はがね》の糸で、一本一本が刃物になってるんだよ。人間の軀《からだ》なんて、ご覧のように簡単に斬り裂く」

薊美は奪い取った大刀を捨てて、得意げに説明した。

「刀の穢れかどうか……その軀で味わってごらん」

そう言った瞬間、薊美は銀糸鞭を振った。

「ぬっ」

川路浪人は後方へ跳んで、銀糸鞭をかわす。

何本かは刀で受け止めたとしても、それ以外の銀糸で顔や軀を斬り裂かれてしまうからだ。

「どうした、女から逃げるのかい」

薊美は嘲笑《ちようしよう》して一歩、前へ出る。

「む、むむ……」

大刀を右八双に構えて、川路浪人は唸《うな》った。

薊美は、頭上で銀糸鞭を大きく回転させながら、

「来ないなら、こっちから行くよっ」

さらに踏みこんで、薊美は、銀糸鞭を川路浪人に斜めに叩きつける。

川路浪人は、身を沈めた。

身を沈めて銀糸鞭をかわし、そのまま地を蹴って、低い姿勢で薊美に迫ろうと

する。

が、彼の予想外のことが起こった。

かわされた銀糸弁が地面を叩くと、薊美は、その反動を利用して、素早く斜めに振り上げたのである。

そこへ突っこんだ川路浪人の顔と首に、十本の銀糸が巻きついた。

「死ねっ」

薊美は、さらに銀糸鞭を振り切った。

川路浪人の頚部が銀糸で切断されて、頭が吹っ飛ぶ。

首を失った軀は、前のめりに倒れた。

そして、頭部は板塀《いたべい》に叩きつけられて、地面に落ちる。

その顔面は、銀糸に斬り刻まれて、目鼻の位置もわからぬ有様であった。

「薊美様、お見事っ」

手下の一人が言った。

「ふふん……さあ、引きあげるよ」

銀糸鞭を革袋に納めた薊美は、裏木戸の方へ行く。

が、外へ出た薊美は驚いた。

「これは？」

二人の手下が、そこに倒れていたのである。

そして、お稜の姿はない。

「あの娘、どこへ行ったっ」

お稜が気絶から醒めたとしても、素手で二人の外道衆を倒せるはずがない。

薊美が周囲を見まわすと、向こうの路地から出て来た者があった。

松平竜之介である。

「――あの娘は、わしが預かった」

「貴様……松浦竜之介だな」

「左様。そして、その方《ほう》は、お錦を使ってわしを仲間に引きこもうと企《たく》らんだ者だな」

「外道衆の薊美と覚えておけ」

「虎とは何か聞かせてもらおう。屍《しかばね》の山を築いてでも、それを欲しがる理由は何だ」

「三つの虎のうち二つまでは、すでに我が手にある。貴様ごときに教える必要はない」

薊美は再び、懐から革袋を取り出そうとした。

が、竜之介の後方で、呼子笛が鳴り響く。

「盗賊だ、盗人《ぬすっと》だっ」

騒ぎを聞きつけた見廻り中の御用聞きが、町方を集めているのだった。

「ちっ」

薊美は革袋を押しこんで、

「虎は手に入った。次に会った時には、殺してやるぞっ」

そう言って駆け去った。三人の手下も、それに続く。

「外道衆か……それにしても、虎を手に入れたとは何のことだ」

竜之介は、路地の方を見た。

そこには、彼が救ったお稜が板塀にもたれかかったまま気を失っている。

「この娘に訊くしかないようだな――」

第五章　吉原の凶女《きょうじょ》

一

「すると——外道衆《げどうしゅう》の薊美《あざみ》が持ち去ったのは、その珊瑚《さんご》玉《だま》の金簪《きんかんざし》だけなのだな」

松平竜之介《たつのすけ》の問いに、三角屋《みすみや》の娘のお稜《りょう》は頷いて、

「はい。あの恐ろしい人に、母の形見だから返してほしいとお願いしたのですが……」

「しかし、たしかに薊美は、虎は手に入った——と申したのだが」

そこは三角屋の別宅の座敷で、竜之介とお稜、北町同心の藤沢徳之助《とくのすけ》がいた。

御用聞きや下っ引たちが、浪人部屋や庭に転がっている屍体《したい》の後始末をしている。

奉公人たちは眠り薬のせいで、まだ眠ったままであった。

竜之介は、藤沢同心と医者が屍体の検屍を終わるのを待ってから、お稜の話を聞いたのである。

藤沢同心の顔を立てるためでもあるし、恐怖の体験をした十八の娘に、二度も同じ話をしなくていいように――と配慮したからでもあった。

「珊瑚の簪を虎と呼ぶのは、意味がわかりませんな」

藤沢同心は、与力の小林喜左衛門《きざえもん》や先輩同心の高木弘蔵《こうぞう》から竜之介の本当の身分を聞かされているので、丁寧な口のきき方をする。

「うむ……三つある虎のうち二つまでは我が手にある――とも言っていた」

「何か、我々にはわからぬ理由で、珊瑚の簪を虎と呼んでいるということですか」

「おそらく、そうだろうな」と竜之介。

「だが、簪を手に入れたのに、どうして、お稜まで掠《さら》おうとしたのだろう」

「後から、身代金《みのしろきん》でもとるつもりだったのではないですか。富沢町《とみざわちょう》の三角屋といえば、有名ですからな。そこの娘となれば、千両でも二千両でも吹っかけられるでしょう」

「なるほどな」

竜之介が頷くと、お稜は改めて頭を下げる。

「松浦様。本当に危《あや》ういところをお救いくださり、本当に有り難うございます」

聞けば聞くほど、自分は危険な状況にあったのだ——と思うお稜であった。

「いや、わしは偶然に通りかかっただけでな。そなたに運があったのだろう」

竜之介は笑ってみせる。

「ええ……」

そう言って竜之介を見つめるお稜は、目の縁《ふち》が赤く染まっていた。

悪党から救った自分を路地の中まで運んでくれたのも竜之介、背中に喝《かつ》を入れて目を覚まさせてくれたのも竜之介なのだ。

秀麗な貴公子を前にして、嬉しさと羞《はず》かしさで、乙女の心はいっぱいになっている。

「つかぬことを聞くが——そなたの母御《ははご》は簪のことで、虎がどうとか話したことはなかったかな」

「はあ……」お稜は考えこんで、

「母は三年前に病気で亡くなりましたが……わたくしが覚えている限りでは、そのようなことは申しておりませんでした、わたくしは母の死を悲しみ過ぎたのか、病気がちになってしまいましたので、この別宅で静養していたのでございます」

「そうか。辛いことを思い出させて、すまなかったな」

「いいえ、そのような」

お稜は含羞《はにか》んで、下を向いてしまう。

「――ごめんくださいまし」

開け放した障子の前の廊下に、中年の男が膝をついた。

「わたくし、三角屋の大番頭を務める千次郎《せんじろう》と申します」

千次郎は、藤沢同心と竜之介に頭を下げてから、

「さあ、お嬢さん。富沢町へ帰りましょう。駕籠《かご》を待たせてありますから」

「え……宅《うち》へ？」

「こんな大勢の血の流れた家に、大事なお嬢さんを置いておくわけには参りません」

「それは、そうだけれども……」

松浦様から引き離されるのは厭《いや》――とは口に出して言えないお稜なのだ。

「まだ、お調べの途中なのよ」

「わたくしは旦那様から、すぐにお嬢さんを連れ帰るように――と言いつかっております」

にべもなく、千次郎は言う。

「でも、お前……私を助けてくださった松浦様にも、お礼を申し上げていないじゃないの」

「こちらのご浪人様ですか」

千次郎は、愛想のない顔で竜之介を見ると、

「うちのお嬢様がお世話になりまして。後日、改めてお礼をさせていただきます」

形だけ頭を下げた。

「そのような気遣《きづか》いは、無用にしてくれ。ただ――落ち着いてから、珊瑚玉の金簪のことで主人に話を聞きたい」

「さあて……うちの旦那様は多忙でございますから」

薄笑いを浮かべて、千次郎は言う。

強請《ゆすり》たかりに来た喰い詰め浪人を相手にしているような、冷たい態度であった。

「まあ、千次郎。松浦様に失礼ですよ」

お稜が窘《とが》めたが、千次郎は平気な顔で、

「では、参りましょうか」

そう言って立ち上がった。

仕方なく、お稜も、竜之介と藤沢同心に頭を下げてから、座敷を出る。

「藤沢殿。物騒だから、何人か付けてやった方がよい」

「そうですな。手配をして参ります」

藤沢同心も立ち上がって、座敷を出て行った。

「……」

竜之介は、向こう側の廊下を去るお稜の寂しげな後ろ姿を、見送るのだった。

二

「どうも、夕べは揚場町《あげばちょう》へ駆けつけられなくて、申し訳ありません」

翌日――浅草阿部川町の家に現れた御用聞きの由造《よしぞう》が、まず、詫びを言う。

「竜之介様が帰られた後に、飯倉《いいくら》町の方で刃傷沙汰《にんじょうざた》がありまして。わたくしは、そちらに呼ばれていたものですから」

「ただでさえ忙しい親分なのに、わしと付き合っていると、余計に事件が増えるからな」

松平竜之介が冗談を言った。

「いえ、そんな……」

由造も笑ってしまう。

「で――ついに、敵の親玉とお会いになったそうで」

真剣な顔つきになって、由造が訊く。

「そうだ。外道衆の薊美という血も涙もない冷酷な女だ」

竜之介は、昨夜のことを詳しく説明する。

「ほほう……悪党が必死になって探していた虎というのが、珊瑚の簪でしたか
……奇妙な話ですね」

由造も考えこんで、

「しかも、三つある――と。簪を三本、集めているのですねえ……そして、残りが一本……」

「その一本を、どこの誰が持っているやら」

「どうも、わかりませんね。仲間を集めて小梅村《こうめむら》で竜之介様を襲った辻斬り浪人も、誰に雇われていたのか……」

「ひょっとしたら、我々が考え過ぎているだけかも知れぬ」

白扇《はくせん》を使いながら、竜之介は言った。

「たとえば、三本の簪を作った職人の名が虎吉《とらきち》とか虎蔵《とらぞう》なのかも」

「そうですね」と由造。

「いざ、真相がわかると、何か拍子抜けするようなものかも知れません」

「問題は、あの残忍無類の女が市中に潜んでいることだ。早く捕まえないと、また血が流れるだろう」

「そいつが使った武器は、何でしょう」

「見た者はみんな死んでいるので、よくわからぬ。死骸の様子を見ると、何か剃刀《かみそり》を幾つも仕込んだようなものらしい」

「まあ、竜之介様なら、どんな武器でも後《おく》れを取ることはないと思いますが」

「それは、そなたたちが、わしの贔屓《ひいき》だからだ」

竜之介は苦笑する。

「寅松《とらまつ》にも前に申したが、上には上がいる。わしとて手も足も出ない相手が、いつか現れるかも知れぬのだ」

「そうでしょうかねえ……」

由造は首を傾《かし》げてから、

「話は違いますが、その千次郎という大番頭も礼儀知らずですね。竜之介様に、大事な主人の娘を助けてもらったのに」

「わしはよく知らんのだが、三角屋というのはかなりの大店《おおだな》なのか」

「それはもう、江戸の古着屋の総元締ですから」

着物は一般庶民にとっては高価なものなので、古着の流通が盛んであった。

庶民や下級武士は古着を購入して、直して着るのだ。

神田柳原《やなぎわら》の土堤下《どてした》や浅草田原町《たわらちょう》、元浜町、日本橋の富沢町、牛込《うしごめ》の改代町《かいたい》などに、古着屋は蝟集《いしゅう》している。

また、担ぎ商いの古着屋も多かった。

そのような古着商の総元締が、三角屋なのである。

小売りだけではなく、卸《おろ》しも手がけて、関八州や大坂にまで出荷している店であった。

「富沢町の本店だけでなく府内に幾つか支店もあり、別宅は牛込揚場町だけでなく、他にもあるでしょうね。娘を守るために浪人者まで雇っているのですから、豪商です……ああ、そうだ」

由造は、ぽんと膝を叩いた。

「短矢《たんし》で射殺《いさつ》されて、小舟に乗せられてたお島《しま》――あの女の姉のお沢《さわ》が三角屋に奉公してますよ」

「そう言えば、そんな話だったな」

竜之介は白扇を止めて、

「と、いうことは……」

その時、玄関の方で「御免くださいまし」という声がした。寅松や松吉《まつきち》たちの声ではない。

「――」

竜之介は、由造と顔を見合わせてから、油断なく大刀を手にして立ち上がった。

玄関に出ると、商家の手代のような身形《みなり》の男が立っている。

「松浦竜之介様でございますね」

口調は丁寧だが、堅気ではない雰囲気が全身に漂っていた。

「そうだが」

「お迎えに上がりました。表に駕籠《かご》を用意してございますので」

「待て――その方《ほう》がどこの誰か、まだ聞いておらぬが」

「わたくしは、七之助《しちのすけ》と申しますので。主人の名は、ご勘弁くださいまし」

「すると何かね」

竜之介の斜め後ろに立った由造が、皮肉っぽい口調で、

「どこの誰とも知れぬ相手の用意した駕籠に、竜之介様に黙って乗れというのかい」

「そうなります、白銀町《しろがねちょう》の親分」

由造のことも知っている、七之助なのであった。

「わしが行かぬと言ったら、どうする」

「ここで、首を掻き切って自殺いたします」

驚くべきことを、七之助は、表情も変えずに口にした。

「そして、また別の者が参ります——松浦様に駕籠に乗っていただくまで、それが続きます」

とんでもない脅し文句である。

「ふうむ……」

竜之介は、相手をまじまじと見つめる。そして、

「わかった、駕籠に乗ろう。ここで自殺されては迷惑だ」

「有り難うございます」

七之助は、深々と頭を下げた。

「竜之介様、大丈夫ですか……」

心配そうに言う、由造だ。

「その代わりに――この由造が同行する」

「え」

七之助は顔を上げた。

「わしは、そなたの願いを聞いた。だから、こちらの願いも聞いてもらう」

笑顔で言う、竜之介だ。

「筋は通っていると思うが、どうだな。それとも、御用聞きが一緒では都合が悪いのか」

「はあ………」

少しの間、七之助は考えこんでいたが、

「承知致しました。駕籠をもう一挺《いっちょう》、用意して参ります」

「それに及ばねえ」

由造が陽気に言った。

「俺も白銀町の由造だ。竜之介様のお伴なら、唐天竺《からてんじく》までても、この二本の脚で歩いて行くよ――」

三

途中で駕籠を二度、乗り換えてから、ようやく目的の場所に着いた。

「ここは……」

駕籠に付いて来た由造は、驚く。

そこは、三輪《みのわ》の浄閑寺《じょうかんじ》であった。

浄土宗の寺で、開山は称与上人《しょうよしょうにん》。元は三田《みた》にあり、吉原遊廓の遊女や身元不明の行き倒れを葬《ほうむ》る〈投げ込み寺〉として知られていた。

「どうぞ――」

七之助は、松平竜之介と由造を寺の庫裏《くり》に案内した。

「お連れ致しました。白銀町の親分も、ご一緒で」

そう報告すると、障子の向こうから、

「――入っていただきなさい」

老人の声がした。

七之助は障子を開いて、竜之介たちに頭を下げる。

「………」

大刀を鞘《さや》ごと帯から抜いて、竜之介は中へ入った。由造も続く。

下座にいた道服の老人が、頭を下げた。

「こちらへ」

右手で上座を示す。

「では、遠慮なく」

竜之介は床の間を背にして座り、念のために大刀は左側に置く。

由造は、座敷の隅に座った。

「松平竜之介様。無理なお願いをしまして、申し訳もございません」

顔は皺《しわ》が深く七十を過ぎているであろう老人だが、話し方は明瞭であった。

「わしの身分を知っておるのか」

「はい。かつて、吉原で松雲楼《しょううんろう》の美月《みづき》を相手になすったことも、存じております」

「それは困ったな」

竜之介は苦笑する。

将軍家斉《いえなり》の隠し子を探すために、湯屋の三助《さんすけ》をしている五郎八《ごろはち》の案内で、吉原遊廓へ行ったこともある竜之介であった。

「ご挨拶が遅れました――わたくしは吉原総名主で桃源楼《とうげんろう》の主人、庄司甚右衛門《しょうじじんえもん》と申します」

老人は、両手をついて言った。

「えっ」

由造は驚いた。

江戸時代初期――庄司甚内《じんない》という者が、徳川家康の許しを得て、江戸に開いた傾城町《けいせいまち》が吉原遊廓である。

庄司甚内は、名を甚右衛門と改めて総名主を命じられた。

吉原遊廓は元は葺屋町《あしやちょう》にあり、明暦《めいれき》年間に現在の日本堤《にほんづつみ》に移転したのだ。

総名主は代々、甚右衛門を名乗っているというが、由造は実際に会ったのは初めてである。

吉原遊廓には町方同心も常駐しているが、忘八衆《ぼうはちしゅう》という私設警察を持っていた。殺人のような重大事件でない限り、遊廓内の客との揉め事などは、ほとんど忘八衆が処理をしている。

従って、歴代の町奉行も一目置いているのが、吉原総名主なのであった。

「初めまして。白銀町で、お上《かみ》の御用を務めております由造と申します」

由造も両手をついて、頭を下げる。

「まあ、親分。楽にしてください」

甚右衛門は、ゆったりと笑って、

「本日は、竜之介様と内々のご相談をさせていただきたく――ご無礼ながら、このような形で御出《おい》で願いしました」

そこで、小坊主が茶を運んで来た。

三人の前に茶が置かれて小坊主が退出するまで、会話が途切れる。

七之助は外で見張りをしているようだ。

「――で、そなたの相談とは？」

「それを申し上げる前に、お二人が疑問に思っていることの絵解きをいたしましょう」

「疑問というと」

「まず、蔦屋《つたや》の女中頭《がしら》のお蓑《みの》が斬られた事件ですが……斬った浜田という浪人は、三角屋仁兵衛《じんべえ》の手先でございます」

「三角屋の……」

竜之介と由造は、顔を見合わせる。

「理由は後で申し上げます。その浜田浪人は竜之介様を逆恨みし、仲間を集めて意趣返ししようとしたが、見事に返り討ちにあったわけですな。これは、三角屋の指図ではありますまい」

「……………」

「そして、翌日、提灯屋《ちょうちんや》の女中のお島が殺された事件――下手人は外道衆です。竜之介様を色仕掛けで籠絡《ろうらく》しようとしたお錦《きん》も外道衆ですが、仲間に寸鉄《すんてつ》で殺されました。その時、竜之介様を手鑓《てやり》で襲ったのも、外道衆……頭《かしら》の薊美という女には、昨夜、お会いになりましたな」

「うむ。凶悪無惨な女であった」

「はい、その通りで……」

甚右衛門は、視線を膝に落とした。

「斬り殺されたお蓑と、湯島明神の宮芝居で虎の役をしていた豊助《とよすけ》は、仲間です。躯《からだ》の関係もあったようですな。二人は、高坂党《こうさかとう》の配下でした」

「高坂党とは？」

「豊助を助けに来た男たちです。関八州を荒らしまわる盗人《ぬすっと》の一味でして……男の格好をした百合之助《ゆりのすけ》というのは、高坂党の頭目の娘です」

「たしかに、関東郡代の手配書を見たことがありますよ。高坂党の頭は、叢雲《むらくも》の陣九郎《じんくろう》という奴です」

　由造が、脇から説明する。

「百合之助というのは、手配書に載っていませんでしたが」

「次の頭目は、その娘らしい。なので、女を捨てて男の形《なり》をして、手下どもにも兄《あに》ィと呼ばせているのですな」

「何でもよく知っておるのだな、甚右衛門」

　感心したように、竜之介が言った。

「とんでもございません」

　吉原総名主は首を横に振って、

「わたくしが最初から何もかも知っていれば、今度のように人が死ぬこともなかったのですが……」

「すると、〈虎〉の正体もわかっているのか。外道衆の薊美は、珊瑚《さんご》の簪《かんざし》を虎と呼んでいたようだが」

「その簪を、わたくしは見ておりませんが、細工がしてあったのかも知れません。

虎というのは……南蛮渡来の虎の目玉のような色合いの宝玉のことでして。虎の眼石、虎眼石《とらめいし》ともいいます」

「虎眼石……」

お蓑が〈とら〉と言い残し、お島が〈虎の〉と書き残したのは、虎眼石のことであったのだ。

黄褐色の色合いの宝石で、縦に筋が入り、それが眼のように見えることから、虎眼石と呼ばれている。主にインドや南アフリカで産出されている。

「だが、薊美が奪って行った簪は紅《あか》い珊瑚玉であったそうな」

「一目見て虎眼石とわからぬように、三角屋仁兵衛は、紅い色を塗っていたのではないですかな」

「ふうむ……薊美は虎を二つ持っていると言っていた。すると、もう一つの虎眼石は、高坂党が持っているか」

「さすが、竜之介様」と甚右衛門。

「その三つの虎眼石を、三角屋、外道衆、高坂党の三者が、血で血を洗う争奪戦を繰り広げているわけで……」

溜息《ためいき》をつく、甚右衛門なのだ。

「浜田浪人は、お蓑を捕らえて高坂党の隠れ家を聞き出そうとしたが、口を割らなかったので斬り殺しました。そして、お島は姉のお沢と仲が良くて、三角屋の内情もよく聞いていた。なので、外道衆は、お島から虎眼石のことを聞きだそうとしたのでしょうな。だが、逃げようとして懐中弓《ふところゆみ》で射殺《いさつ》された」

「懐中弓……」

「楊弓《ようきゅう》の矢は九寸ですが、六寸ほどの短い弓を使う懐中弓という隠し武器があります――」

文字通り、懐の中に弓を隠し持って襟元《えりもと》をくつろげ、そのまま射るのだという。
三、四間《けん》以内ならば、充分な殺傷力がある。
竜之介に短矢を射た弁慶縞《べんけいじま》の男は、その懐中弓を使ったので、手ぶらに見えたのだ。

「外道衆には参次《さんじ》という懐中弓の遣《つか》い手《て》がおりますから、竜之介様を襲ったのも、そいつでしょう」

「どうにも、恐るべき奴らだな」

竜之介は顔をしかめる。

「それで、その虎眼石を三つ集めると、どうなるのだ」

「はい」甚右衛門は姿勢を改めて、

「三つ集めれば――太閤《たいこう》秀吉に滅ぼされた北条《ほうじょう》氏の軍資金四十万両の在処《ありか》がわかるのです」

四

「北条の軍資金……だと？」

思いもかけぬ吉原総名主・庄司甚右衛門の言葉に、さすがの松平竜之介も唖然《あぜん》とした。

「竜之介様は、〈三人甚内〉という言葉をご存じですかな」

甚右衛門の問いに、竜之介は首を傾《かし》げる。

「はて……わしは遠州《えんしゅう》の山出《やまだ》しだから、江戸の言葉はよくわからぬ」

「江戸の者でも、近ごろの若い衆は知らないかも知れませんよ」

脇から、御用聞きの由造が言う。

「東照神君《とうしょうしんくん》様が江戸に幕府を開かれて間もない頃、庄司甚内、鳶沢《とびさわ》甚内、高坂甚内という三人の甚内という者が御府内にいたそうで。これを、三人甚内とか三甚内とか言います。庄司甚内は、こちらの総名主様の御先祖で」

「さすが、白銀町の親分」

甚右衛門は笑顔を見せる。

「鳶沢甚内は盗賊であったが、神君家康公に許されて吉原の近くのに土地屋敷を賜《たまわ》り、そこで古着屋を始めました。そして、二人一組の古着買いに江戸中を巡回させて盗賊を探し出し、これを役人に密告していたのです。その功により、江戸の古着商の総元締とされました」

「お、それが三角屋の先祖であったか」

「左様です」と甚右衛門。

「ですので、三角屋の当主は代々、〈甚内〉に因《ちな》んで〈仁兵衛《じんべえ》〉を名乗っておりますな。三角屋のある場所は、今は富沢町ですが、その頃は鳶沢町と呼ばれていたそうで」

「なるほど」

「実は、庄司甚内も吉原遊廓に遊びに来る者の中に盗人《ぬすっと》などがおりますと、それを役人に密告しておりました。大金を手に入れた者は、必ず女と酒のあるところにやって来ますので」

しかも、庄司甚内も鳶沢甚内も北条氏政《うじまさ》の家臣だった――と甚右衛門が言う。

小田原北条氏の第四代・北条氏政は、一時は関東を支配下に置く勢いだったが、豊臣秀吉の聚楽第《じゅらくだい》行幸への列席を拒んだ。

徳川家康の仲介によって、一時は北条と豊臣の対立が避けられたが、結局、天正十八年三月に小田原攻めが始まったのである。

二十二万の豊臣軍を相手に、氏政は小田原城に籠城したが、周辺の諸城が次々に落とされて、七月五日に降伏した。

北条氏政と弟の氏照《うじてる》は切腹。

氏政の嫡男である氏直《うじなお》は、妻の督姫《とくひめ》が家康の娘だったこともあり、助命された。

翌天正十九年には、氏直は秀吉から一万石を与えられて大名となり、その子孫は今は河内狭山《さやま》藩主となっている。

「戦国乱世の頃には、滅ぼされた大名の家臣どもは、よその大名に仕官できなければ、野伏《のぶ》せりか盗賊になるしかないわけで……庄司甚内も鳶沢甚内も江戸で盗賊を働いていたが、結局は徳川様に従ったわけですな」

「で、もう一人の高坂甚内も北条の旧臣か」

「いいえ、違います」甚右衛門は言う。

「甲州武田家の重臣であった高坂弾正《だんじょう》の子だとも、円明流《えんめいりゅう》の宮本武蔵の弟子とも言われておりました。この男が、俺は盗人の大名になる――と言って大勢のならず者を集めて、高坂党を結成したのです」

盗賊大名の高坂甚内にとっては、北条の遺臣でありながら徳川家康に跪《ひざまず》いて、さらに盗人を役人に売っている庄司甚内と鳶沢甚内は、許しがたい奴らであった。

それで、何か二人の弱みはないかと色々と調べていたところ、大変な秘密がわかった。

実は、八王子の山中に、四十万両の小判が蓄《たくわ》えられていたのである。

北条氏政が、豊臣軍が小田原に攻めて来る前に、万一のために隠しておいた軍資金であった。

籠城戦で敗れたために、氏政は、それを使う暇もなく切腹させられたのである。

当時、庄司甚内と鳶沢甚内は、なぜ、その四十万両を我が物にしなかったのか。

「つまりは……家康公の威光に屈しながらも、二人は、北条一族の誰かが立ち上がって公儀に反旗を翻《ひるがえ》す日が来ると信じていたからでしょう」

「総名主様……」

由造は、少しばかり慌てた。この時代、公儀に対する謀反は最大の罪であり、軽々に口にすべきものではないからだ。

「ははは、およそ二百年も昔の話ですよ、親分」

甚右衛門は笑って見せる。

「それに、腹を割って正直なところを申し上げないと、この先のことが説明できなくなるのでね」

「先を聞こう」

竜之介は穏やかに言った。

「はい――高坂甚内は、その四十万両を見つけ出して奪ったのです。無論、それを知った庄司甚内と鳶沢甚内は激怒し、手下を動員して高坂党に戦いを挑みました」

それは闇の世界での凄まじい闘いとなり、路地裏で街道で山中で夥《おびただ》しい血が流された。

双方の犠牲があまりにも多かったので、休戦の話し合いがもたれた。

そこで高坂甚内は、「俺もお前たちも、徳川を倒したいという気持ちは同じだ。だが、今は時期尚早《しょうそう》、もう少し徳川の勢力が弱ってからでないと謀反は難しい。そこで、どうだ。この四十万両は、徳川打倒のその日まで封印するというのは」

と提案した。

庄司甚内と鳶沢甚内が承知したので、高坂甚内は四十万両を何処《いずこ》かに隠して、その隠し場所の手がかりを三個の虎眼石《とらめいし》に記した。

そして、その虎眼石を三人甚内が一つずつ預かり、決起の日を待つ——ということになったのである。

その後、盗賊大名の高坂甚内は、公儀の役人に捕らえられた。

だが、四十万両のことも二人の甚内との密約についても、高坂甚内は一言も洩らさず、元鳥越橋《もととりごえばし》の近くの刑場で処刑されたのであった……。

「三つの虎眼石は、三人甚内の子や孫に受け継がれて来たわけですが……徳川の御威光は日々、衰えるどころか増すばかり。なので、決起の意志も消え去ったと思われていたわけです」

「それが今になって、なぜか、虎眼石の争奪が起こっているというのか」

「左様です」

甚右衛門は溜息《ためいき》をついた。

「何を考えたものか、三角屋仁兵衛が二つの虎眼石を手に入れるために、高坂党と外道衆に攻撃を仕掛けて、三者の争いになったわけでして」

「待て、甚右衛門」竜之介は訝《いぶか》る。

「庄司家の虎眼石は、そなたではなく外道衆が持っておるのか」

「その通りで」

甚右衛門は、疲れ果てたような表情になった。

「というのも、外道衆の頭《かしら》の薊美というのは……わたくしの実の孫娘でしてな」

五

庄司甚右衛門の息子が甚三郎《じんざぶろう》、次の吉原総名主である。

そして、甚三郎の一人娘が薊美であった。

「薊美は小さい時から、可愛くて利発な子でした。身のこなしも素早く芸事も達者で、これは良い孫が出来たと喜んだものです。が……気性に問題がありました」

小鳥や猫などの生きものを痛めつけて、手足を斬り落とし、苦しんで死んでいくのを見るのが、薊美は好きだったのである。

根っからの加虐嗜好者《サディスト》だったのだ。

「何とか、その気性を直そうとしたのですが、結局は人を殺す愉《たの》しみまで覚えてしまい……、わたくしが厳しく折檻《せっかん》をしたら、吉原を出て行ってしまいました。今から二年前、薊美が十八の時です」

「その時に、薊美は虎眼石を持ち出したのか」

松平竜之介は訊いた。

「はい……我が家に代々伝わってきた虎眼石を嵌《は》めこんだ銀の簪を、持ち去りました。忘八衆の中から手練《てだれ》者を選んで薊美の行方を探させましたが……いずれも手足を折られて送り返されて来ました。そして、腕の立つならず者を集めて、薊美は外道衆を結成し、悪事を重ねているわけです」

忘八とは、人として守るべき〈仁・義・礼・智・忠・信・孝・悌《てい》〉の八徳を忘れた者という意味で、前《さき》にも述べたように、吉原遊廓の私設警察が〈忘八衆〉である。

薊美は、忘八衆をも凌《しの》ぐという意味で〈外道衆〉と名乗っているのだろう。

忘八衆は、吉原の外で活動することを許されていない。

従って、外道衆に全力で挑んで騒ぎを起こすわけにはいかないのだ。

「わたくしは倅《せがれ》の甚三郎にも言い含めて、薊美を勘当することにしました。ですが……虎眼石の取り合いで外道衆が人殺しを重ねているのを知って、黙っているわけには参りません――竜之介様」

甚右衛門は畳に両手をついて、叩頭《こうとう》した。

「薊美を……討ってくださいまし」

「甚右衛門、それは本心か」

竜之介は吉原総名主を見つめて、問う。

「本心でございます……これ以上、世間に迷惑をかけるよりは、いっそ死んでくれた方が、薊美自身も楽になりましょう」

「ふうむ……」

竜之介は少し考えてから、

「そなたの願いは、よくわかった。元々、わしは虎眼石を取り合っている者どもを放っておく気はない。天下静謐《せいひつ》のために、その者どもを斬るつもりであった」

「では――」

甚右衛門は顔を上げた。

「薊美は討つと約束しよう」

「あ、有り難うございます……」

平伏して、肩を震わせる甚右衛門であった。

「――竜之介様」

音無川《おとなしがわ》の東岸の道を浅草の方へ歩きながら、由造が訊いた。

「浄閑寺で、とんでもない話を聞かされましたが……本当に薊美を斬るのですか」

「説得はしてみる」と竜之介。

「罪を悔いて薊美が自訴《じそ》するならば、甚右衛門に面会させた上で、遠島で済ませるのが望ましい……だが、聞けぬというのなら、斬るしかあるまいな」

帰りの駕籠《かご》を断り、二人は堀割に沿って歩いているのだった。

「でも、女を斬るのはお好きではないでしょう」

「人を斬るのは好きではないよ」

竜之介は苦笑する。

「女を斬るのは、さらに好きではない。しかし……時には、天下万民のために斬らねばならぬ時もある。嫌なことだがな」

左手には田畑が広がっている。蟬《せみ》の声も聞こえていた。

「竜之介様っ」

由造が足を止めて、懐《ふところ》の十手を摑んだ。

音無川の脇に生えている柳の木の陰から、男が姿を現したのである。

縞物《しまもの》の着流しに百足紋《むかでもん》の黒半纏《くろはんてん》という姿の三十男で、左手に竹杖《たけつえ》を持っていた。

削《そ》げたような頰をして、肺病病《や》みのように青白い肌をしている。

「何者か」

竜之介が誰何《すいか》した。

「お初にお目にかかります。吉原忘八衆の元締を務める四郎兵衛《しろべえ》と申しますんで」

黒半纏の男は答えた。

「わしに何か用かな」

「吉原の揉め事は、この四郎兵衛が扱うことになっておりやす……よそのお武家に横から首を突っこまれたんじゃ、あっしの面目が立たねえ」

「では、どうする」

「勝負していただきましょう」

四郎兵衛は半身になって、右手を竹杖に添えた。

「親分——退《さ》がってくれ」

竜之介も半身に構えて、大刀の柄《つか》に右手が触れる。

両者はしばらくの間、無言で対峙《たいじ》していたが――いきなり、四郎兵衛は突っこんで来た。

竹杖から刃《やいば》のない鉄鞭《てっべん》を引き抜いて、竜之介の右肩に叩きつけようとする。

「むっ」

抜刀した竜之介は、その鉄鞭と斜め十文字に嚙み合った。

普通なら、ここで押し合いになるところだ。

が、四郎兵衛は、十文字に受け止められた瞬間、くるりと鉄鞭を右へ回した。

ほぼ一回転して、竜之介の左脇に鉄鞭を打ちこむ。

竜之介の肋骨《ろっこつ》が粉砕される――と由造が思った瞬間、金属音が響き渡った。

脇差を逆手《さかて》で抜いて、竜之介は鉄鞭を受け止めたのである。

同時に、大刀の刃を四郎兵衛の首筋にあてがっていた。

「どうする――」と竜之介。

「まだ続けるか、元締」

「こいつは、お見逸《みそ》れしました」

四郎兵衛は、にやりと嗤《わら》った。

鉄鞭を引いて後ろに退がり、竹杖に納める。

「それほどの腕前なら、何とか薊美坊を御《ぎょ》せるでしょう」

「だと良いがな」

竜之介は納刀して、

「ひょっとして——薊美に武術を教えたのは、そなたか」

「へい。その通りで」

四郎兵衛は頭を下げて、

「弟子の不始末は師匠の責任、薊美坊をよろしくお願いいたしやす」

「わかった。わしに出来る限りのことはしよう」

竜之介も大刀を鞘《さや》に納めて、歩き出した。

由造も、それに続く。

しばらくしてから、由造が振り向くと、四郎兵衛はまだ頭を下げていた。

第六章　乱れる心

一

「のう、薊美《あざみ》殿……」

白い素足の指に頬を擦りつけながら、慈姑頭《くあいあたま》の道庵《どうあん》は言った。

「町奉行所や忘八衆《ぼうはちしゅう》に踏みこまれる危険も承知で、そなたたち外《げ》道《どう》衆に隠れ家を貸しているわしの気持ち、察してくだされ……」

松平竜之介《たつのすけ》が忘八衆元締の四郎兵衛《しろべえ》と立ち合っていた頃——そこは、麻布《あざぶ》の外科医師・立花道庵の屋敷の離れである。

「道庵。あたしは今、考え事をしている——」

薊美は床の間の柱によりかかり、両足を伸ばしていた。

「邪魔をするな」

「そなたは…男も女も相手に出来る両道の者と聞いている……」

親指を舐めながら、道庵は掻き口説く。

「わしも、吉原で五指に入るといわれた粋人《すいじん》。決して失望させぬから、一夜だけでも熱い契《ちぎ》りを…」

「うるさい」

薊美は、その肩を蹴った。

「わっ」

道庵は転がって、不様《ぶざま》に廊下から庭に落ちてしまう。

「薊美様――」

入れ替わりに、外道衆の手下の一人、佐久三《さくぞう》が座敷に入ってきた。金簪《きんかんざし》の小箱を差し出して、

「色々と試してみましたが、これは虎眼石《とらめいし》に紅《あか》い色を塗ったものではなく、本物の珊瑚玉《さんごだま》のようです」

「ふうむ……」

薊美は胡座《あぐら》をかいて、金簪を見つめる。

「だが、あの時、三角屋《みすみや》の娘は母の形見だと言った……あれは嘘をついてる顔で

はない」

「では、三角屋仁兵衛《じんべえ》も死んだ母親も、お稜《りょう》を騙していたんですかね」

「そうかも知れない。代々伝えられてきた本物の虎眼石の簪を、お稜には渡さなかった……なぜだ」

「何かと剣呑《けんのん》だからでは？」

「うむ……まあ、争いの種だからな」

簪の小箱を、薊美は畳に置いて、

「しかし、仁兵衛は二百年の盟約を破って、あたしや高坂党《こうさかとう》から虎眼石を奪おうとしている。そこがわからないね。古着屋の親方におさまって安穏に暮らしていた奴が、なんで急に……むっ」

考えこんでいた薊美は、ぱしっと両手で自分の頬を打った。気合を入れたのである。

「とにかく、これは贋物《にせもの》だ。本物の虎眼石の簪は、三角屋の本宅だろう」

「娘のお稜も、夕べのうちに本宅へ戻りました」

「そうだな」

「一気に、本宅を襲いますか」

佐久三が勢いこんで、言った。

「襲うのはいいが、手引きをする者が必要だね。それに、虎眼石がどこにあるか、その場所を事前に知っておかないと、手間暇がかかりすぎる。家捜ししている間に町方が駆けつけたら、面倒だ」

「へい」

「だから——」

薊美が低い声で、佐久三に指示を出している間、医者の道庵は沓脱《くつぬ》ぎ石《いし》の横に引っくり返ったまま唸《うな》っていた。

「痛い……腰の蝶番《ちょうつがい》が外れた…誰か、骨接ぎの医者を呼んでくれ」

二

「——お父さん」

お稜が、廊下を歩いて行く三角屋仁兵衛に声をかけた。

「何だね」

立ち止まって、仁兵衛は振り向く。

「松浦様へお礼を申し上げるのは、何時《いっ》にしますの？　出来たら、わたしも一緒に……」

おずおずと、お稜は言った。

「松浦……ああ、お前を助けたという阿部川町の浪人か」

「はい、そうです」

「後で、手代の和吉《わきち》を行かせる。十両も包んでおけば、よいだろう」

面倒くさそうに、仁兵衛は言った。お稜は驚いて、

「お父さん。それでは、松浦様にあまりに失礼です」

「私は忙しいのだ」

断ち切るように仁兵衛は言って、奥の座敷の方へ行く。

「…………」

その場に残されたお稜は、寂しそうに父の背中を見つめるのであった。

「で――どうなりましたね、親分」

奥の座敷に入って座るなり、仁兵衛は訊いた。

「まさか浪人組の七人が全員、外道衆にやられるとは……中でも川路《かわじ》さんは、一

番の遣《つか》い手《て》だったのに。浜田さんも勝手なことをして、松浦という奴に返り討ちに遭《あ》うし……うちにいる浪人組の残りは、たった三人になってしまった」

「へい、旦那様もご心配なことで」

地元の御用聞き・半助《はんすけ》は頭を下げて、

「あっしも大急ぎで腕利きを探しましたが……ようやく、見つかりました」

「見つかったのか」

「へい」

鼬《いたち》のように小狡《こずる》そうな顔で、半助は得意げに頷いた。

そして、立ち上がって、隣の間との境の襖《ふすま》を開く。

大刀を右側に置いた浪人者が、そこに座っていた。四十前くらいで、顎《あご》の張った逞《たくま》しい顔つきをしていた。

「宍倉玄之進《ししくらげんのしん》と申す。お見知りおきを」

両膝に手を置いて、浪人者は軽く頭を下げる。

「三角屋仁兵衛です。そこでは遠い、こちらへどうぞ」

「では――」

宍倉浪人は、仁兵衛の前に座った。

「腕の立つ者を七、八人ということでしたな。知り合いが多いので、拙者《せっしゃ》なら一日で集められます」

「宍倉さん自身の腕前は、如何《いかが》ですかな」

「そうですな――」

右側の大刀を取り、左手に持って、宍倉浪人は片膝立ちになった。

次の瞬間、銀光が二度、閃《ひらめ》く。いつ抜いたのか、仁兵衛にも半助にも見えなかった。

ゆっくりと納刀して、宍倉浪人は座り直した。

「まあ、このくらいです」

「……………え？」

訝《いぶか》りながら、仁兵衛は湯呑みに手を伸ばす。

触れたのと同時に、その湯呑みは真っ二つに割れた。

茶を零《こぼ》しながら、左右に倒れる。

「おおっ」

御用聞きの半助の前の湯呑みも、ぱっかりと縦に割れた。

「あっちっちっ」

茶が膝にかかって、半助は飛び上がる。

「ふーむ……」

三角屋仁兵衛は目を見張って、

「わかりました。とりあえず、支度金を五十両、渡します。これで他の人たちを集めてきてください――」

三

「――百合之助《ゆりのすけ》兄《あに》ィ、お頭《かしら》がお呼びです」

豊助《とよすけ》の声に、木刀の素振りをしていた百合之助は、

「わかった、すぐに行く」

手拭いで、顔や首筋の汗を吸い取った。

諸肌《もろはだ》脱ぎで、胸乳《むなぢ》には白い晒《さら》し布を巻いている。

その首からは、細い鎖の首飾りが下げられていた。

「……………」

豊助は、その紅潮した白い肌に見とれてから、慌てて顔を背《そむ》ける。

「では――」

頭を下げてから、そそくさと立ち去った。

そこは――巣鴨村《すがもむら》にある空き屋敷の裏庭であった。

人の住んでいない武家屋敷を、盗賊の高坂党は隠れ家にしている。

正体が発覚《バレ》た豊助は、宮芝居《みやしばい》の一座には戻れないので、この隠れ家にいるのだった。

振袖《ふりそで》に腕を通して襟元《えりもと》を整えると、百合之助は母屋《おもや》へ向かう。

井戸端で軀《からだ》を拭きたいところが、父親である陣九郎《じんくろう》は、あまり気の長い方ではない。

廊下に上がって、居間の前に膝をつくと、

「百合之助、参りました」

中に、そう声をかける。

「うむ、入れ」

五十前の強《したた》かそうな面構《つらがま》えの男が、頷いた。

これが高坂甚内《じんない》の子孫で高坂党の頭目、叢雲《むらくも》の陣九郎である。

百合之助は座敷に入ると、両手を突いて頭を下げた。

「素振りをしていたのか」

百合之助の汗の匂いに気づいたらしく、陣九郎は訊く。

「はい。松浦竜之介という奴は、なかなかの遣い手。初手への一撃はかわしましたが……どうすれば倒せるか、考えておりました」

「良い心がけだ。お前は俺の後を継いで高坂党を担うのだから、そのくらいの気構えでなくてはな」

陣九郎は、満足そうに言った。

「ところで、夕べ、外道衆の薊美が三角屋の娘から奪ったという金簪《きんかんざし》だが……あれは贋物《にせもの》だと思う」

早耳屋《はやみみや》を通じて、昨夜の事件のあらましを知っている陣九郎なのだ。

「贋物……」

「奪われたのが本物なら、三角屋は天地が引っくり返ったような大騒ぎになっているはず。そうでないのは、贋物だからだ」

「そうすると、本物は」

「本宅のどこかに隠してあるだろう。だが、それを捜し出すのは骨が折れる。たとえ見つけても、それも罠で贋物かも知れない」

「……」

「なので、別の手でいこうと思う」

「別の手？」

「娘のお稜を掠《さら》うんだ」

「え」

百合之助は驚いた。

「大事な一人娘の身柄を預かって、本物の金簪と交換するのだ。その場で、お前のその首飾りと見比べれば、誤魔化しは効かない。悪くない手だろう」

自慢げに、陣九郎は言う。

「……」

百合之助は懐《ふところ》を手で押さえた。

着物の下の首飾りには、虎眼石《とらめいし》が嵌《は》めこんであるのだ。

「しかし……お稜は本宅に移ったので、用心して外出《そとで》もしないでしょう」

「そうだ。だから今、三角屋の裏表を見張らせて、人の出入りを調べさせている。何とか、昼間にでもお稜を掠う方法はないか、工夫するためにな」

「駕籠《かご》に乗せるか、長持《ながもち》に詰めるか……白昼に運ぶのは、容易じゃありませんね」

「それを実行するのが、高坂党の腕さ」

陣九郎は笑って、

「ご苦労だが、お前も見張りに加わってくれ。万が一にも、お稜が寺参りか何かで外出する機会があったら、お前が近づくのだ」

美少年風の百合之助なら、話しかけてもお稜は警戒しないだろう——というのが、陣九郎の考えであった。

手代か丁稚《でっち》小僧が付き添っていても、人けのない場所まで連れていって、当て落とせば良い。

「外出をしなければ、植木職人か何かに化けることも考えてみる。とにかく、富《とみ》沢町《ざわちょう》に行ってくれ」

「承知しました——」

再び両手をついて、百合之助は頭を下げた。

四

日本橋富沢町の角地に、古着商〈三角屋〉の本店がある。

その斜め向かい側の店の軒下《のきした》に、鋳掛け屋《いかけや》が座りこんでいた。

持ちこまれた鍋の穴を修繕しながら、さりげなく三角屋の入口を見ている。

その鋳掛け屋の斜め前に、小さな蕎麦屋《そばや》があった。

蕎麦屋の二階の出窓の障子が、半分ほど開いている。

そこから若い男が時々顔を出して、往来を見るともなしに見ていた。

「お、兄ィ」

「ご苦労様です」

その座敷にいた三人の男が、階段を上がってきた百合之助を見て、頭を下げる。

百合之助の後ろから、豊助も上がって来た。

「ここが見張り所か」

出窓の障子の陰から、百合之助は通りを見下ろす。

「あそこにいる鋳掛け屋が、権太《ごんた》です。三角屋の入口を見張っていて、人の出入りを見ています」

窓際に腰かけていた又八《またはち》が、説明した。

三角屋の向かい側の店の二階から直《じか》に見張っていたら、相手に気づかれてしまうから、このような間接監視法にしたのであった。

もしも怪しまれても、鋳掛け屋ならさりげなく立ち去って、別の場所で商売をすれば良いのである。

「何かあったら、権太が頭を掻きながら欠伸《あくび》をすることになってますんで」

「そしたら、誰かが鍋釜を持ってあそこへ行くのか」

「へい。念のために穴の開いた鍋と釜を一つずつ用意しました」

又八は、座敷の隅に置いてある鍋と釜を指さした。

「しかし、みんなが、この店に一日中いるのは不自然だろう」

「いえいえ」

愛嬌《あいきょう》のある顔をした久米助《くめすけ》が、片手を振って、

「実は、この店の親爺《おやじ》は又八の博奕《ばくち》仲間なんで。だから話をつけて、この二階座敷は、しばらく貸切です。腹が減ったら、外へ出なくても蕎麦も食べられるんで、便利なもんですよ」

一階は普通に営業しているのだ――と久米助は言った。

「今日は鋳掛け屋で、明日は俺が飴細工《あめざいく》売りになります」

文吉という男が言う。

「なるほど――今見てきたが、東に浜町堀《はまちょうぼり》がある。首尾良く娘を掠《さら》ったら、浜町

堀で舟に乗せて、一旦は海へ出た方がいいかも知れないな」

「そうですね。大川を遡《さかのぼ》って、適当なところで陸に上がれば、追われることもないでしょう」

文吉は頷いた。

その蕎麦屋を出た百合之助は笠を被り、豊助と富沢町の角を曲がって、道の反対側へ渡った。

そこの路地には、三角屋の裏口に通じる路地口を見張っている弥太《やた》がいた。

「ご苦労だな」

笠を取って百合之助がそう言うと、弥太は頭を下げる。

「今のところ、出入りしてるのは八百屋や魚屋なんかですね。妙な奴はいませんん」

「ここも三人か」

「ええ。この奥の駄菓子屋の二階を、借りてますんで。昼間は一刻《いっとき》ごとの交代で」

「暑いだろうが、頑張ってくれ」

「有り難うございます――」

駄菓子屋の二階にいる二人とも話をしてから、百合之助と豊助は通りへ戻った。

「さて、俺は、どこで待つとするかな」

お稜が外出した時、見張りからすぐに報せられる場所でなければならない。

「あそこに甘味処《かんみどころ》があるな、ちょうどいい」

例の蕎麦屋の二軒先に、〈白雪《しらゆき》〉という甘味処があった。

百合之助は豊助を従者に見立てて、白雪の二階に上がった。

小女《こおんな》に蜜豆などを注文してから、百合之助は心付けを握らせて、

「実は、刻《とき》を決めずに人と待ち合わせをしている。その人が来なければ、私は振られたことになるわけだが……夜まで待たせて貰ってもよいかな」

じっと見つめて頼まれると、小女は真っ赤になった。

「どうぞ、どうぞ。ごゆっくりなすってくださいまし」

何度も頭を下げてから、小女は階下へおりてゆく。

「蜜豆ですか。胸が焼けそうだ」

豊助は、うんざりした顔で言う。

「なら、ぜんざいを頼んでやろうか」

「この暑いのに、熱いのは勘弁してくだせえ」

「ははは。酒は、見張りが終わるまで我慢しろ」

百合之助は笑ってから、

「せっかく腰をおろしたところで済まないが、俺がここで待っていることを、両方の奴らに伝えてくれ」

「わかりました。すぐに戻ってきます」

豊助は、敏捷《びんしょう》に階下へおりていった。

一人になった百合之助は、開け放した窓から外を見て、

（想《おも》い人《びと》と待ち合わせか……盗人《ぬすっと》稼業をしている限り、そんなことは、俺が死ぬまで一度もないだろう）

何となく、溜息《ためいき》をついてしまうのである。

盗賊の頭目の娘に生まれ、母の顔を知らず、剣術の修行をして、泰平の世と人は言うが自分は闇の正解で男の形《なり》で生きて来た。

（もしも、普通の娘に生まれていたら……）

不意に、湯島天神の林の中で松浦竜之介に斬りつけた時のことが、脳裏に浮かんだ。

竜之介の男らしく秀麗な顔が、頭の中で膨れ上がる。

「俺は……何を考えているのだ」

思わず、口から言葉が出てしまった。

あわてて周囲を見まわしたが、勿論《もちろん》、誰もいないので、独《ひと》り言《ごと》を聞かれる心配はない。

(敵なのに……あいつは、斬らなければならない相手なのに……)

それでも、小女が蜜豆を持って来るまで、百合之助は、胸の動悸《どうき》が治まらなかった。

その蜜豆を食べ終えた頃に、豊助が戻って来た。

「お待たせしました。娘が出て来るとか、何かあったら、ここへ報《しら》せが来ます」

「よし、よし」

百合之助は落ち着いた態度で、

「まあ、ゆっくり蜜豆を食べてくれ――」

五

甘味処〈白雪〉は、普通なら酉《とり》の中刻《ちゅうこく》――午後七時には店を閉める。

だが、百合之助が小女だけではなく店主にも心付けを渡したので、その夜は戌《い》の上刻《じょうこく》──午後八時過ぎまで灯《ひ》を落とさなかった。

「どうも、お客様。どなたも見えられませんな」

店主が気の毒そうに言うので、

「うむ……どうやら、私は振られたようだ。迷惑をかけたな」

そう言って、百合之助は勘定を払い、豊助と外へ出た。

「もう甘いものは、三年くらい食べる気がしねえ」

胸をさすりながら、豊助が言う。

「ふ、ふ。気の毒したな」

通りには、ほとんど人の姿はない。

角地の方へ歩いて行くと、三角屋は大戸《おおど》を閉めていた。

向かい側の店も大戸を閉めているし、鋳掛《いか》け屋《や》もいない。

三角屋の手前にある蕎麦屋《そばや》も、灯を落としている。見張りのいる二階も、灯がついていなかった。

「大戸が閉まったので、駄菓子屋の方と合流したかな」

「ちょいと裏を覗いてみましょうか」

て来た。

人間である。

「むっ」

そいつは落下しながら、百合之助に向かって寸鉄《すんてつ》の打撃面を振り下ろした。

百合之助は豊助を突き飛ばして、素早く大刀を抜く。

相手と交差しながら、斬り上げた。

「げっ」

黒の半纏《はんてん》に黒の川並《かわなみ》という格好の男は、血煙《ちけむり》を上げて地面に倒れこむ。

「外道衆だっ」

蕎麦屋の灯が消えて、ここで外道衆が待ち伏せしていたということは、すでに又八たちは亡《な》き者《もの》にされたということだ。

「豊助、逃げろっ」

路地の向こうへ抜けるように促《うなが》して、百合之助は、路地の上を見まわす。

「そうだな」

二人は、路地へ入った。

そして、月明かりの中、蕎麦屋の裏口まで来ると——突然、何かが上から降っ

すると、路地の出口の方から、豊助の悲鳴が聞こえてきた。

「あっ」

見ると、豊助は酷《むご》たらしく斬り裂かれて倒れ、その向こうに切下げ髪の長身の女が立っている。

外道衆を率いる薊美であった。右手には、銀糸鞭《ぎんしべん》を下げている。

「貴様、よくも豊助をっ」

激怒した百合之助は、大刀を右八双に構えて突進した。

が、薊美が右手を捻《ひね》って一振りすると、銀糸鞭が生きもののようにうねって、空中に広がる。

「ちっ」

とっさに百合之助は左へ跳び、家の羽目板《はめいた》に肩をぶつけて、その銀糸をかわした。

しかし、それは薊美の陽動策であった。

態勢を立て直そうとした百合之助の後頭部に、凄い衝撃があって、

「う……」

男装娘の意識は、闇の底に呑《の》みこまれた。

同じ頃――三角屋では、主人の仁兵衛が渡り廊下を歩いて、離れ座敷の前に立った。

深呼吸してから、「仁兵衛でございます」と声をかける。

「――入れ」

中から、声が聞こえた。

「失礼いたします」

仁兵衛は膝を突いて、障子を開く。そして、八畳間に入ると、障子を閉じた。

「首尾良く、浪人者が集まったようだな、仁兵衛」

上座に座って、酒を飲んでいた人物が言う。

「はい。宍倉さんが七人、集めてくれました。これで、総勢十一人になります」

「まあ、それだけいれば良かろう。万一の時には――」

二人しかいないはずの八畳間の四隅に、いつの間にか、ひっそりと影法師《かげぼうし》が座っていた。

「この者たちもおるからな」

「……」

仁兵衛の額《ひたい》に、汗が滲《にじ》む。

「良い夜だなあ、仁兵衛」

その人物は、盃《さかずき》を干した。

「どこからか、血のにおいが漂って来るような夜だ」

そして、低く嗤《わら》う。血に飢えたような嗤いだった。

「…………」

三角屋仁兵衛は、ただ、言葉もなく俯《うつむ》いていた。

第七章　犯され志願

一

「……………？」

百合之助《ゆりのすけ》は目を覚ました。

後頭部に鈍い痛みが走って、思わず唸《うな》る。

「気がついたかい」

嘲《あざけ》るような声がした。女の声だ。

声のする方を見ようとした百合之助は、自分が後ろ手に縛《しば》られているのに気づいた。

両足首も縛られて、板の間に転がされているのだ。

無論、細身の大刀も脇差も奪われている。

近くに、行灯《あんどん》がともっていた。

「それは解けないよ――」

声の主《あるじ》が、百合之助の視界の中に入りこんできた。

黒半纏《くろはんてん》に黒の川並《かなわみ》という姿の薊美であった。

「関節を外しても解けないように、縛ってある。吉原の忘八衆《ぼうはちしゅう》の技を舐めちゃいけない」

「ここは……」

「何とか流の道場だよ、先月まではね」と薊美。

「道場主が門弟の女房に手を出して刃傷沙汰《にんじょうざた》になり、本人は刺し殺された。買い手が決まるまでは空き家だから、あたしが今夜、使わせてもらうわけさ」

そこで、ようやく、百合之助は路地の記憶が甦《よみがえ》った。

「貴様……豊助を殺したなっ」

「路地にいた奴も殺したし、蕎麦屋《そばや》の親爺《おやじ》も、二階にいた三人も、鋳掛け屋《いかけや》も始末した――それがどうかしたのかい」

「くそっ、必ず仇敵《かたき》を討ってやるっ」

百合之助は吠えた。

「どうやって？」

薊美は、百合之助の顔を覗きこむ。

「今、ここで縛られたまま、あたしに、野良犬のようにぶち殺されるかも知れないのに」

「む……」

「まあ、お前さんを殺しても一文《いちもん》にもならないけどね。とりあえず、虎眼石《とらめいし》はもらったし」

薊美は、首飾りを百合之助の前に垂らして見せた。

「返せ、母さんの形見だっ」

「泣かせることを言うじゃないか……」

薊美は、せせら笑う。

「あたしも虎眼石を持ってるから、これで二つ揃ったわけだ」

その時、百合之助は、父の陣九郎が言ったことを思い出した。

「じゃあ、三角屋《みすみや》の娘から奪った金簪《きんかんざし》は……」

「あれも、母親の形見だと言うから頂いたんだが……調べたら、贋物《にせもの》だった。いや、逆か――本物の珊瑚玉《さんごだま》だったよ。つまり、紅色《べにいろ》を塗った虎眼石じゃなかった」

「すると、本物の虎眼石の簪は」

「娘のお稜《りょう》は持っていなかったが、たぶん、三角屋の本宅のどこかにあるのだろう」

「やっぱり、そうなのか……」

陣九郎の読みが当たったので、思わず、百合之助が呟《つぶや》く。

「ふ、ふ。お前たちも同じことを考えて、三角屋を見張っていたわけだね……押しこむか、娘を掠《さら》うか、するつもりだったわけだ」

蓟美は、にやにやして、

「だったら、こっちの思惑通りだね」

「貴様の思惑とは何だっ」

「虎眼石を手に入れてもお前さんを殺さなかったのは、人質になってもらうためさ」

「人質？」

「つまり、お前さんの命と引き替えに、高坂党《こうさかとう》に三角屋から虎眼石を奪ってもらうんだ」

「そんな……」

「今、向こうには十一人の浪人組がいて、かなりの腕前らしい。だから、高坂党に闘ってもらう。首尾良く虎眼石を手に入れてくれれば、良し。仮に全滅したとしても、浪人組の戦力を削ってくれれば、こっちは助かるからね」

「なんて悪辣《あくらつ》なことを」百合之助は怒る。

「大体、頭領の父さんが、そんな脅しにのるもんかっ」

「のると思うよ」と薊美。

「断ったら、うちの男どもに三日三晩の間、お前さんを好きなようにさせた挙げ句、生きたまま手足を切断して、その裸の死骸を大道に晒《さら》してやる――と言うからね」

「ひっ」

十八歳の乙女は、震え上がった。

「言っとくけど、ただの脅しじゃない。あたしは、やる時は本当にやるからね」

冷酷極まる目つきで、薊美は言う。

「まあ、その前に――」

薊美は、表情を和《やわ》らげた。百合之助の顎《あご》の輪郭を、人差し指の腹で撫でながら、

「生娘《きむすめ》のお前を、味見させてもらおう」

「え……え？」

何が何だかわからず、百合之助は戸惑った。

「知らなかったのかい……あたしは、男でも女でも相手に出来るんだよ」

人差し指で男装娘の喉を撫でて、振袖《ふりそで》の襟元《えりもと》の奥へ進ませる。

「ひっ、いやっ」

蒼ざめた百合之助は、必死で藻掻《もが》いた。

「ふ、ふ……もっと抗《あらが》ってごらん」

薊美は、楽しそうに百合之助の袴《はかま》の帯を解く。

「お前さんが気を失ってるうちに裸にすることもできたんだけど、それじゃつまらない。こうやって、抵抗してる娘を裸に剝《は》いでいくのが、愉《たの》しいんだよ」

わざと時間をかけて、薊美は、百合之助を脱がせてゆく。

手と足は縛ったままだから、袴は足首まで引き下げて、振袖や肌襦袢《はだじゅばん》は背中側にまわす。

こうして、胸に晒《さら》しを巻いて白い女下帯を締めた半裸の百合之助を、薊美は眺める。

「おや」

幅の狭い女下帯に包まれた秘部を、薊美は覗きこんだ。

「これはひょっとして……」

女下帯を解いてしまうと、

「あ、馬鹿、見るなっ」

百合之助は喚《わめ》いた。

「かわらけだったんだね、赤ん坊みたいで可愛らしい……」

薄桃色の亀裂を、薊美は見る。そこには、一本の恥毛もなかった。

無毛の秘部を、この時代の人は〈かわらけ〉と呼んだのである。

「どれどれ」

薊美は、亀裂を左右に開いて内部を観察した。

「うん、やっぱり男識《し》らずの生娘だね。これは、嬲《なぶ》りがいがある」

そう言って、薊美は立ち上がった。

くるくると衣服を脱いで、全裸になる。

乳房は大きめで乳輪は紅梅色、亀裂と花弁は紅色をしていた。

その亀裂に沿って、帯状に恥毛が生えている。

薊美は、両頭張形《はりがた》を腰に装着した。

「さあ、あたしが大事なところを引き裂いてやるからね」

「いや、いやっ、いやァァァっ」

百合之助は必死で藻掻くのだが、縄は緩まず、逃げることは不可能であった。

「ふ、ふ、ふ」

残忍な表情で、薊美は、百合之助に覆いかぶさる。

そして、飴色《あめいろ》の張形の先端を、男装娘の聖地に押し当てた――その時、

「待て」

背後から、声がかかった。

二

「誰だっ」

振り向いた薊美は、そこに松平竜之介《たつのすけ》が立っているのを見た。

「ちっ」

脱ぎ捨てた衣服に手を伸ばして、薊美は寸鉄《すんてつ》を取ろうとした。

だが、その前に、竜之介の拳《こぶし》が鳩尾《みぞおち》に突き刺さる。

「ぐ……」

薊美は、前のめりに倒れた。

「しばし待て」

竜之介は、百合之助にそう言ってから、薊美の衣服の中にあった縄で、彼女を後ろ手に縛《しば》る。

そして、両足を組ませて座禅の格好にした。

その姿勢で、前のめりに倒す。

両膝と頭の三点で、薊美は体重を支える形になった。

これが〈座禅転がし〉だ。

さすがの凶女《きょうじょ》も、これで身動きは出来ないだろう。

それから、竜之介は脇差を抜いて、

「動いてはいかんぞ」

百合之助の手と足を縛っている縄を、切断してやった。

「わあぁっ」

自由になった百合之助は、敵であるはずの竜之介に抱きついて、大声で泣き出した。

「よしよし、怖かったであろう」

竜之介は、優しく背中を撫でてやる。

「馬鹿、馬鹿…なんで、もっと早く助けてくれなかったんだよう……」

百合之助は、幼児のように泣きじゃくった。

「許せ。外にいる見張り三人を密かに倒すのに、少し手間がかかってな。こちらの気配を薊美に悟られると、そなたの命が危うかったのだ」

そこで初めて、百合之助は、自分の格好に気づいた。

胸に白い晒《さら》し布を巻いているだけで、下半身は秘部を露出しているのだ。

「きゃっ」

百合之助は、あわてて振袖《ふりそで》の前を掻き合わせた。

その首に、竜之介は、虎眼石の首飾りをかけてやる。

「そら、大事な母御《ははご》の形見だ」

「竜之介…様……」

百合之助は、彼の顔を見上げて、先ほどとは別の涙で瞳を潤ませる。

「さて、もう一つの虎眼石だが——」

薊美の衣服を探したが、虎眼石の銀簪《ぎんかんざし》は見つからなかった。

「仕方がない。本人に訊くか」

竜之介は、薊美の背中に喝《かつ》を入れた。

「むぅ……」

薊美は意識を取り戻す。

そして、自分が絶体絶命の状況に陥《おちい》っているのを知った。

「くそっ、解け、殺してやるっ」

「その方《ほう》の虎眼石は、銀簪はどこにあるのだ」

「言うものか、ド三一《サンピン》めっ」

三一は武士に対する蔑称で、それに〈ド〉をつけると最大級の侮辱になる。

「そうか……やむを得んな」

竜之介は、薊美の前にまわると、着物の前を開いた。

下帯の脇から男根を摑み出すと、右手で薊美の顎《あご》の蝶番《ちょうつがい》を強く圧迫する。

そして、閉じられなくなった口の中に、己《おの》れの男根を押しこんだ。

「う……うぅ……」

薊美は歯を立てようとしたが、顎が動かせないので、どうにもならない。

竜之介は左手で薊美の切下げ髪を摑むと、彼女の口腔《こうくう》に男根を出し入れする。

強制口姦《イラマチオ》であった。

「ぐ……おぐ……ぅぅ」

薊美は苦しんだが、濡れた粘膜と舌の刺激によって、竜之介の男根は猛々《たけだけ》しくそそり立った。

その長大さに、薊美も驚く。

「巨《おお》きい……」

身繕《みづくろ》いしていた百合之助も、唖然《あぜん》とした。

竜之介は巨砲を引き抜くと、唾液に濡れたそれを聳《そび》え立たせたまま、薊美の背後に位置する。

両頭張形《はりがた》の紐を解いて、それを花孔から抜いた。

そして、臀《しり》の双丘《そうきゅう》が割れて丸見えになっている薄茶色の後門に、男根の先端をあてがった。

「先ほど、その方は、濡れてもいない百合之助の大事なところを、無理矢理に張形で貫こうとしていたな」

「ぬ……」

「もう一度だけ、訊く。虎眼石はどこだ」

「くたばれっ」

自棄《やけ》になって、薊美は喚《わめ》いた。

「そうか――」

片膝立ちの竜之介は、左手で薊美の臀肉を鷲《わし》づかみにすると、巨根に右手を添えて腰を進めた。

長く太く硬い肉根が、薊美の臀の孔《あな》にねじこまれる。

「～～～アァァァっ!!」

薊美は絶叫した。

軀《からだ》を半分に引き裂かれたような激痛が、脳を焼いた。

全身から、汗の粒が噴き出す。

その時には、竜之介の巨根のほとんどは、薊美の内部に侵入を果たしている。

後門括約筋《かつやくきん》は、その限界まで押し広げられていた。凄まじい収縮力だ。

「あ……う…がァ……」

他人を拷問《ごうもん》することを愉《たの》しむ薊美だが、自分が痛めつけられるのは、初めてであった。

あまりの苦痛に、喉の奥から洩れるのは短い呻《うめ》き声だけで、意味のある言葉にならない。

だが、それで苦痛が終わったのではなかった。

「――――」

竜之介は無言で、男根の抽送《ちゆうそう》を開始した。

「ぎゃっ、やめろ……あっ、動かすな…あ、あァあああっ」

とてつもない激痛に、薊美は泣き叫んだ。

「し、死ぬ…死んでしまう……」

百合之助は息を呑んで、その淫靡《いんぴ》な光景を見つめていた。

「虎眼石はどこだ」

「言う、言うからやめろっ」

ついに、薊美は屈服した。

「在処《ありか》を言ってからだ」

竜之介は、さらに男根を力強く突入させた。

薊美の臀の孔を、激しく抉《えぐ》る。

「うぎゃ……あァ…あそこだっ」

苦痛のあまり、薊美は、涙だけでなく唾液まで流していた。

「あたしの、あそこの奥に隠してあるんだよっ」

「ほほう」

竜之介は、ゆっくりと男根を引き抜いた。

薊美の排泄孔《はいせつこう》は、ぽっかりと口を開いている。

薊美は、放心状態になっていた。

竜之介は、帯状の恥毛に飾られた薊美の亀裂に、二指を入れた。

細い紐に触れたので、それを引っぱる。

薊美の女壺《にょつぼ》から、小さな布袋が出て来た。

それを開くと、中から黄褐色の虎眼石が転げ出る。

「よし、これだな」

竜之介は、薊美の衣服で男根と指を拭い、身繕いをした。

それから脇差を抜いて、薊美を見る。

「ちきしょうめ……殺せっ」

顔を歪《ゆが》めて、薊美は叫んだ。

「…………」

竜之介は、脇差の切っ先で彼女の縄に切れこみを入れる。

そして、脇差を納刀した。

「しばらく藻掻《もが》いていれば、その縄は切れるだろう」

「何だと……」

信じられないという顔になる、薊美だ。

「情けをかけるのか。あたしを生かしておくと、必ず、後悔するぞ……生きたま、その薄汚いものを斬り刻んでやるっ」

「その方に、情けをかけたわけではない。その方の身を今も案じている者のために、今は助命するのだ」

竜之介は言った。

「それに……わしは、女人を斬る剣は持たぬ」

「何を言ってるんだか、わからんっ」

「そのうちに、わかる」

竜之介は百合之助の方を見て、

「参るぞ、百合之助」

「は、はい……」

百合之助は、素直に従った。

二人が道場から出て行く後ろ姿を見ながら、薊美は、

「見てろよ、松浦竜之介……必ず、必ず殺してやるからな」

歯嚙みして、言うのだった。

三

「三角屋の手代が、今日の夕方、阿部川町のわしの家に来てな」

遠回りをして中之郷瓦町《なかのごうかわらちょう》の新しい隠れ家に着いてから、松平竜之介は百合之助に説明した。

「留守をしていたので、近所のお久《ひさ》という老婆《ろうば》に十両の謝礼を押しつけて帰ったそうだ。わしは夜になってから帰宅して、それを聞いた」

娘のお稜を助けたことに対して謝礼をもらう謂《いわ》れはない――と考えた竜之介は、その十両を突き返すべく三角屋へ向かった。

そして、図《はか》らずも、蕎麦屋《そばや》の路地から気を失った百合之助が外道衆に運び去られるのを、竜之介は目撃したのである。

確実に助けるために、竜之介は、薊美たちを尾行した。

難波町《なにわちょう》の無人の剣術道場に百合之助を運びこむと、三人の外道衆は周囲の見張りに立った。

路地で百合之助を殺さなかったのは、薊美が、三角屋のお栄《えい》と同じように嬲《なぶ》りものにするためだろう――と竜之介は判断した。

なので、まず、見張りの三人を密かに倒すことに、竜之介は専念したのである。

「そなたには、運があったのだ。そう考えると、三角屋の手代も存外、良いことをしたわけだな」

竜之介は笑みを見せた。

「どうして」と百合之助は訊く。

「竜之介様は、敵である俺…あたしを外道衆から助けてくれたのですか」

「敵でも味方でも、女人《にょにん》が死ぬのを放っておくことは出来ぬ。わしは武士だからな」

何の力《りき》みもなく、あっさりと答える竜之介なのである。

「……………」

百合之助は感じ入るものかあったのか、無言で俯《うつむ》いてしまう。

「旦那様――」

奥から出て来たのは、徳治郎《とくじろう》という年寄りである。

「お待たせしました、風呂が沸きましたんで」

「そうか、済まんなあ」

この徳治郎とお北という夫婦が近所に住んでいるので、隠れ家がいつでも使えるように世話をしてもらっているのだ。

今夜、この隠れ家に着いた竜之介が居間に灯《ひ》をつけると、竹穂垣《たけほがき》の隙間《すきま》から見える灯に気づいた徳治郎夫婦がやって来たのだった。

そこへ、お北も酒肴《しゅこう》の膳を運んで来る。

「他に御用がなければ、引き揚げさせていただきます。明日の朝、また朝餉《あさげ》の準備に参りますので」

お北が言う。

「頼むぞ。ご苦労だった」

竜之介が心付けを出すと、遠慮しながら受け取って、老夫婦は帰って行った。

「百合之助…いや、そなた、女としての名は何という」

「百合です」

「そうか――では、百合。先に風呂に入るがいい」

「いえ、その……」

百合之助は少し狼狽《うろた》えて、

「あたしは、竜之介様の後にいただきます」

「そうか。では――」

無理強《じ》いはせずに、竜之介は奥へ行った。

「……」

自分が入った風呂の湯に、竜之介が浸かることを考えると、羞《はず》かしくなってしまった百合なのだ。

庭に目をやると、雑草は昼間のうちに徳治郎夫婦が抜いたらしく、杜若《かきつばた》の白い花が咲いている。

（美しい……）

花を眺めて美しいと思い、心が慰められるのは何年ぶりであろうか。

盗賊の頭《かしら》の娘として、闇の世界に生きて来た百合之助こと百合には、花を見て心の安まる暇などなかったのである。

そして、薊美の毒牙から救われた時に、竜之介に「なんで、もっと早く助けてくれなかったんだよう」と言って抱きついてしまった時、百合は自分の本心を知ったのだ。

誰かに、この裏渡世の境遇から救ってほしい――そう思い続けて来たのである。

(今夜、あたしの運命は変わったのだ)

そう信じる百合であった。

ややあって――すっきりした顔で、竜之介が戻って来た。

「わしは、ざっと湯を浴びただけだ。湯には浸かっておらぬ。百合は、ゆっくり入ってくるがいい」

「は、はい……では、お風呂をいただきます」

自分の考えを見透かされたようで、百合は頰を赧《あか》らめた。

浴室は広く、小判型の大きな湯槽《ゆぶね》を床に埋めこんだものである。

簀《す》の子《こ》から湯槽の縁《ふち》まで一尺半――四十五センチくらいなので、女でも楽に跨げる高さだ。

湯槽が大きいのは、ここが妾宅《しょうたく》だったので、旦那が妾と一緒に入って淫猥《いんわい》な真似をするためであろう。

局部を丁寧に洗ってから、百合は湯に肩を沈めた。

剣術の稽古で、引き締まった肉体である。

その胸には、首飾りが下がっていた。

(竜之介様に操《みさお》を捧げよう……)

そう決心した百合なのであった。

盗賊の娘だから、いつ何時《なんどき》、町方に捕縛《ほばく》されるかも知れない。

今の百合には、捕方を斬って血路を開くことは出来ないのだ。

(明日、お別れになるかも知れない……だから、竜之介様に存分に犯していただくのだ)

百合は諸腕《もろうで》で乳房を抱きしめて、心の中で呟《つぶや》く。

風呂から出ると、胸に晒《さら》し布も巻かず袴《はかま》も着けずに振袖《ふりそで》を着流しにして、居間に戻る。

竜之介は、懐紙に包んだ薊美の虎眼石《とらめいし》を調べていた。

「ありがとうございました。さっぱり致しました」

「うむ……」

竜之介は懐紙を置いて、座った百合を眺める。

「袴姿も凛々《りり》しかったが、年頃の娘らしいその姿も良いな」

「まあ……」

その言葉が嬉しい百合なのだ。

畳んだ晒し布と袴は、竜之介の目に入らないように、後ろに置いている。

「だが、明日は袴をつけた方がよい。その方が、何かあった時に機敏に動ける」

「薊美が、その虎眼石を取り返しに来るというのですか」

百合の顔が、にわかに引き締まった。

「わざわざ船宿の猪牙舟《ちょきぶね》で橋場町《はしばちょう》まで行って、また歩いて引き返したりして、ずいぶんと遠回りをして、この家に来た。それに、奴らはわしが隠れ家を持っていることを知らぬはず。だから、大丈夫とは思うが……用心するに越したことはない」

「はい――」

それは確かに、盗賊稼業でもよく言われることである。百合は真剣に頷いた。

それから、懐紙に光る虎眼石を見て、百合は胸の辺りを押さえる。

「あの……竜之介様」

「なんだな」

「どうして、この首飾りをあたしに返してくださったのですか。虎眼石を三つ、集めるおつもりでは」

「わしは、虎眼石も四十万両の軍資金も興味がない」

竜之介は眉をひそめて、

「だがな。あるかどうかわからぬ四十万両のために、曲者《くせもの》が跳梁《ちょうりょう》して人が殺されるのは看過《かんか》できぬ。それは、そなたの母の形見だから、返すのが筋だと思ったのだ」

「有り難うございます」

素直にお辞儀をした百合は、

「実は、本当の母親ではなく、養親《やしないおや》なんです。それでも、実の親以上に、あたしを可愛がってくれました。だから、二百年前の因縁の虎眼石とわかっても、あたしには大事なものなんです」

「そうであったか」

竜之介は、盃《さかずき》を手にした。

百合は、あわてて銚子を手に取った。そして、竜之介に酌をする。

「うむ……」

竜之介が飲み干す様を、百合は、うっとりとして見つめてしまう。

「そなたも、飲むか」

「いただきます」

竜之介に酌をされて、百合はその盃を一気に干した。

そして、盃を膳に置くと、

「竜之介様……」

十八娘は、男の膝に身を投げかけた。

「あたしを……あたしを……」

胸が轟《うず》くように騒いで、次の言葉が出ない百合であった。

「よしよし」

松平竜之介は、優しく百合を抱き起こす。

そして、その頤に指をかけて顔を上向かせた。

「………」

百合は目を閉じた。

湯上がりの乙女の肌から、甘い健康的な匂いが立ちのぼっている。

竜之介は、その唇を吸った。

百合が、夢中でしがみついてくる。生まれて初めての接吻であった。

自然と百合の唇が開いたので、竜之介は舌を差し入れた。

無意識に百合も舌を絡めてきたので、二人は互いの舌を吸い合う。
しばらくの間、舌の交歓《こうかん》を愉《たの》しんでから、竜之介は唇を離した。
そして、百合の軀《からだ》を軽々と抱き上げる。

第八章　妖玉《ようぎょく》の秘密

一

境の襖《ふすま》を開くと、次の間には夜具が敷かれていた。先ほど、お北が敷いてくれたものだ。

松平竜之介《たつのすけ》は、百合《ゆり》を夜具に横たえた。

まず、自分が着物を脱いで、下帯一本の半裸の姿になる。

そして、彼女の帯を解いた。百合は腰を浮かせて、それに協力した。

肌襦袢《はだじゆばん》を開いた竜之介は、碗を伏せたような乳房を見る。乳輪は蜜柑色《みかんいろ》だ。

右手でその乳房を摑んで、竜之介は再び、百合に接吻をした。

舌と舌を遊ばせながら、左右の乳房を愛撫する。

「あ…ああ……」

百合の唇から、か細い喘《あえ》ぎが洩れた。
竜之介は、その頬から首筋へと唇を這《は》わせる。
そして、胸元へと至った。
（む……）
隣の間から洩れる明かりで、左の乳房の下に黒子《ほくろ》があるのが、竜之介には見えた。
（左の乳の下に…黒子……）
竜之介は右の乳房を揉みながら、考えこむ。
頭の中で、何かが引っかかったのだ。
考えながらも、右手は平たい腹部を這い下りて、白い女下帯に触れた。
股間の亀裂を、下帯の上から撫でる。
「ん、ああっ」
それだけでも、敏感な処女は内部から秘蜜を湧き出させた。
下帯が秘蜜で濡れて、無毛の割れ目の形状が、くっきりと浮かび上がる。
竜之介は、女下帯を解いた。
そして、恥毛が一本もない薄桃色の秘部に、顔を埋《うず》める。

「ひあ……っ」

あまりの羞恥《しゅうち》に、百合は両手で顔を覆った。

竜之介の舌は、肉の亀裂を舐め上げて、内部の花弁まで愛撫した。

さらに、花孔の内部にも舌先をもぐりこませる。

「た、竜之介様……そんな…駄目ぇ……」

あまりの快感に、身を捩《よじ》り臀《しり》を蠢《うごめ》かせる百合なのだ。

透明な愛汁《あいじゅう》は、こんこんと湧き出して、会陰部や臀まで濡らしている。

竜之介は上体を起こすと、己《おの》れの下帯を解いた。

その気配に、百合は目を開いて、

「あの、竜之介様……」

「何かな」

「見せていただけますか……それを」

竜之介の男性器が見たい――というのである。

「よかろう」

竜之介は、百合の顔の横に胡座《あぐら》をかいた。

「まあ……」

身を起こした百合は、まだ休止状態の男根を見る。

「でも、あの時……薊美のおし…お臀を成敗した時は……もっと巨《おお》きかったような」

「それは、薊美にしゃぶらせたからだ」

「あたしも、しゃぶらせていただいて、よろしいですか」

「うむ」

竜之介が頷くと、全裸で彼の脇に正座した百合は彼の股間に顔を埋める。

恐る恐る肉根を咥《くわ》えた。

「子供が飴玉《あめだま》をしゃぶるように、舌を動かすのだ」

「はい……」

くぐもった声で頷いて、百合は舌を使う。

拙《つたな》い愛撫だが、本物の愛情がこもっている。

その口唇《こうしん》奉仕で、少しずつ男根が質量を増してきた。

「口を窄《すぼ》めて、頭を前後に動かしてみよ」

「ん、ん……」

百合は、男根を頬張ったままで頷く。

唾液に濡れた肉柱に、若衆髷《まげ》の娘は奉仕を続けた。

胸を見なければ、美青年と美少年の衆道《しゅどう》の契《ちぎ》りのようにも見える。

猛々《たけだけ》しく巨根がそそり立つと、教えもしないのに、百合は根元の玉袋まで舐めた。

その間に、竜之介の右手が百合の臀を撫でまわし、会陰部から濡れた花園まで指でまさぐっている。

花園の奥から湧き出す愛汁は、すでに内腿《うちもも》まで濡らしていた。

百合は顔を上げて、肉柱を握り締めて、

「竜之介様、もう……もう、我慢出来ません……何とかして」

処女の肉体は今、恋情に燃えさかって、男の愛の証《あか》しを求めているのであった。

「今、女にしてつかわす」

竜之介は、百合を仰向《あおむ》けに横たえると、その上に覆いかぶさった。

右手で男根を握って、濡れそぼった亀裂に密着させる。

そして、突入した。

処女の神聖な肉扉を、長大な男根で突き破る。

「ああ、あァ――――アァっ!!」

百合は仰《の》けぞった。

その時には、巨根の三分の一ほどが彼女の内部に埋没している。

眉間《みけん》に皺《しわ》を寄せて破華の痛みに耐える男装娘の顔は、美しかった。

竜之介は腰を止めて、括約筋《かつやくきん》の新鮮な締めつけを味わう。

「女に……あたしは…本当の女になったのですか」

掠《かす》れ声で、百合が尋ねた。

「そうだ、よく堪《た》えたな。偉いぞ、百合」

「竜之介様……」

深い感激で、百合は自分から接吻をして来る。

竜之介は、それを受け止めて、結合したまま二人は互いの唾液を吸い合った。

それから、竜之介は、ゆっくりと抽送《ちゆうそう》を開始する。

薄桃色の花園に、黒光りする巨砲が出没するのだ。

引き裂かれた肉扉の傷みが、幸福の証拠のように嬉しい百合であったが、次第に、別の感覚が生じてきた。

それは、花洞の内部粘膜と竜之介の肉根が擦れ合う快感である。

途方もない巨根に犯されているうちに、痛みと快感が入り混じり、さらに快感の方が拡大してゆく。

「あひ、あひ……」

いつしか、百合は甘い喘ぎ声を洩らして、竜之介の首を掻き抱いていた。

竜之介の分厚い胸に、自分の乳房が押し潰れるのも、心地よい。

さらに百合は、男根をさらに深く受け入れるように、両足を竜之介の腰に絡めた。

その頃には、巨根の根元までが、彼女の内部に納まるようになっている。

竜之介は、時には強く時には弱く、時には深く時には浅く、突いたり腰を回したりして、変幻自在に百合を攻めた。

「あああァ……こんな…蕩《とろ》けそう……」

初体験にも関わらず、百合は乱れて悦《よ》がりまくった。

その様子を見た竜之介は、深く強く女壺《にょつぼ》を突く。

「ん、ん……アアアっ！」

生まれて初めて、百合は快楽の絶頂に送りこまれた。

背中が弓なりに反《そ》りかえり、両足が突っ張る。

竜之介も、それに合わせて放った。

灼熱の白濁した溶岩流を、女体の最深部に勢いよく叩きつける。

怒濤のような大量の聖液は、逆流して結合部から溢れた。

百合は頭が真っ白になったらしく、意識を失った。

竜之介は、男根を締めつける若々しい肉襞《にくひだ》の痙攣《けいれん》を愉《たの》しむ。

無事に生娘《きむすめ》の破華を終えた満足感があった。

女にとって生涯に一度の儀式は、男にとっても特別の感慨がある。

女が初めて男根を受け入れる苦痛に対して、男は快感を与える責務があるように思うのだ。

（きっと……わしのように、己れが好むと好まざるとに関わらず、多くの女人を相手にするような者には、天がそのような責務を背負わせるのだろう……）

それが、竜之介の閨房《けいぼう》哲学であった。

「――そうか」

ようやく、竜之介は思い出したことがあった。

二

百合の頰を、松平竜之介は、そっと撫でてやる。

「……見ては厭《いや》です」

薄く目を開いた百合は、幼子《おさなご》のように首を振る。

「今、竜之介様に顔を見られるのは、羞《はず》かしい……」

「そなた……首飾りをくれたのは、養母だと申したな」

「ええ」

「すると、生母は亡くなったのか」

「いえ、それは……」

百合は、はっきりと目を開いた。ちょっと、寂しそうな顔になって、

「実は、あたしは拾われた子なんです」

「ふうむ……」

「父の話では、十五年前に神田明神の人混みの中で、いつの間にか、親と間違えて手を握っていたそうで。三つくらいの子で、お前はどこの子だ――と訊いても、

言葉が遅かったのか、答えられなかったとか」

「なるほど――」

竜之介は右の乳房を見ながら、

「迷子札は、持っていなかったのだろうか」

「父も首から下げた護り袋を見ましたが、三囲《みめぐり》神社の御札しか入っていなかったそうです」

三囲神社の社務所に行って、どこの子かわからないかと訊いたが、わからなかった――と百合は言った。

もう結論は出ていたが、竜之介は、それを口にしなかった。

小梅村《こうめむら》の富農・市右衛門《いちえもん》は、十五年前に神田明神で長女のお雪《ゆき》を見失ったのだという。

その子の右の乳の下には黒子《ほくろ》があった――と市右衛門は言っていた。

この百合がお雪であることは、ほぼ間違いない。

そういえば、顔立ちも、五歳の妹のお菊《きく》と似通ったところがある。

「すると、名前もわからなかったのだな」

「はい。なので、父が百合と名づけてくれたのです」

護り袋に迷子札が入っていなかったというのは、叢雲《むらくも》の陣九郎《じんくろう》の偽《いつわ》りだろう。

本当の名が〈ゆき〉だから、それに似た音で〈ゆり〉にしたのだ。

万一、百合が自分の名前を思い出しても、それならば「小さかったから、お前の勘違いだろうよ」と誤魔化せるからだ。

三囲神社の社務所へ行ったというのも、嘘に違いない。

それにしても、なぜ、盗賊の頭《かしら》である陣九郎が、迷い子を自分の娘として育てようとしたのか。

そこに、何か不思議な人情の機微《きび》があるのだろうか。

「わしも」竜之介は言った。

「五つの時に、母上を病気で亡くしてな」

三角屋《みすみや》のお稜《りょう》に言ったのと同じことを、竜之介は口にした。

「そうなんですか」

百合は、少し驚いたようである。

「重臣の強い勧めにも関わらず、父上は後妻を娶《めと》らなかった……だから、わしの母上の思い出は、おぼろげな五つの時のままだ」

もっとも、その父の松平竜興《たつおき》は、竜之介が成長すると側室を作り、その色香に惑わされて、一時は竜之介を暗殺しようとしたのだから、大変である。

嫡男の座を弟の信太郎《しんたろう》に譲ってから、竜之介は父の竜興と和解し、酒を酌み交わす間柄にはなったが……。

だが、それは今、百合に話すべきことではない。

「ははは、とんだ艶消《つやけ》しであった。この場で語ることではなかったな」

竜之介が笑って見せると、百合も微笑《ほほえ》んだ。

そして、竜之介は、結合部に桜紙をあてがって、柔らかくなった男根を引き抜いた。

後始末をしようとすると、百合が起き上がり、

「あたしが――」

そう言って、両腿《りょうもも》で股間の桜紙を挟みこみ、聖液と破華の血にまみれた男根を咥《くわ》える。

目を閉じて、丁寧に男根を浄《きよ》める百合を見下ろしながら、

（さて、どうしたものか……）

百合に事実を告げて、小梅村の市右衛門と合わせるのは簡単である。

しかし、百合の養父が盗賊頭の陣九郎なのだ。

百合も女ながら剣術を身につけて、盗賊稼業を手伝っている。

町方に捕縛《ほばく》されれば、重罰を受ける身なのだ。

三歳の時に別れたとはいえ、その実の父となれば、市右衛門にも累《るい》が及ぶかも知れない。

だから、百合に真実を告げることが、正しいのかどうか。

しかし、その一方で、

(実の父娘とわかっていて、しかも、ここからさほど遠くない小梅村に市右衛門がいるのに……それを黙っているのは、人情として残酷ではないのか……)

そのようにも思う竜之介なのである。

百合は、竜之介の葛藤《かっとう》も知らずに、無心に舌で舐めて男根を浄めていた。

三

「旦那、大変だっ、御出《おいで》ですかっ」

翌日の正午《ひる》過ぎ――中之郷の隠れ家に、早耳屋《はやみみや》の寅松《とらまつ》が飛びこんで来た。

「阿部川町に…あれ?」

松平竜之介と一緒に茶を飲んでいる袴姿《はかますがた》の百合を見て、寅松は戸惑った。

誰だかわからないが、竜之介の寵愛《ちょうあい》を受けた女であろうことは、その場の親しげな雰囲気でわかる
「どうも、お騒がせしまして……旦那、こちらの御方《おかた》は」

「そなたは、会うのが初めてであったな。百合之助と名乗っていた娘で、本当の名を百合という」

「は？　そうすると、高坂党《こうさかとう》の……」

驚く寅松だ。

「高坂党の頭目、叢雲の陣九郎の娘で百合という。よろしく――」

百合は両手をついて頭を下げる。

「こりゃどうも、ご丁寧に……あっしは竜之介旦那の一の乾分《こぶん》で、寅松というけちな野郎でござんす」

寅松も、あわてて頭を下げた。

「それで、寅松。何が大変なのだ」

「あ」

懐《ふところ》から書状を取り出して、寅松は、差し出す。

「こんなものが、阿部川町の家の中においてありました」

その書状の表書きは、「松平竜之介殿」と書かれている。つまり、書状の主は、表向きは松浦竜之介と名乗っている者の本当の身分を、知っているのだ。

「――――」

その書状を開いて、竜之介は、中身に目を通す。

「む……」

竜之介の表情が、にわかに険しくなった。

「どうか、なさいましたか」

「三角屋の娘が人質になっている――」

「えっ」

寅松は、竜之介から渡された書状の中身を見る。

三角屋のお稜を預かった、娘の命が惜しければ、今宵戌《こよいい》の中刻《ちゅうこく》、深川木場《きば》の築《つき》島橋《しまばし》の袂《たもと》に、二つの虎眼石を持参せよ――という内容であった。

そして、末尾には〈岳〉と署名されている。

「岳――とは、誰でしょう」

書状を返しながら、寅松は、竜之介に訊いた。

「がく、か……たけ、なのか……考えたが、思い当たる人物はおらんな」

そう答えて、竜之介は、書状を百合に渡した。百合には、自分の身分を閨《ねや》の中で明かしている。書状に目を通した百合は、

「なぜ、虎眼石を二つ、竜之介様が持っているとわかったのでしょうか」

「それも謎だ――」

竜之介は、昨夜のことを寅松に説明してやった。

「ははあ、そんなことがあったんですか……二つの虎眼石が揃ったのを知っているのは、外道衆《げどうしゆう》でしょうが、それなら〈岳〉と変にぼかすことはないですよね」

「それに――外道衆が昨日の今日で、そんな素早くお稜を掠《さら》えるとは思えぬ」

「三角屋に、凄腕《すごうで》の浪人組がいるからですか」

「それもあるが……薊美《あざみ》は今日一日くらいは動けぬはずだ。わしが成敗したからな」

竜之介の石のように硬い巨根で、前戯もなしに臀《しり》の孔《あな》を貫かれ犯された薊美なのである。

後門括約筋《かつやくきん》が極限まで延びきってしまい、どうにもならぬはずであった。

「成敗……なるほど」

大体のことを察して、頷く寅松であった。

「そうするってえと、外道衆でもなく高坂党でもなく三角屋でもない、第四の悪党がいることになりますね」

「うむ。そうなるか……」

「で、差し当たって今夜のこと、どうしますんで?」

「虎眼石は二つ揃った。が、今は、ここにはないのだ」

「え、ないんですか」

「実はな――」

その時、玄関の方から、

「おーい、わしじゃ」

聞き覚えのある声がした。

「あ、楼内《ろうない》先生ですね」

寅松は立ち上がって、玄関へ迎えに行く。

そして、「暑い、暑い」と言いながら、弟子田《でしだ》楼内が居間に入って来た。

本所横網町《よこあみちょう》に住む町医者である。

かなりの高齢で、白髪の慈姑頭《くわいあたま》に丸眼鏡、顎《あご》が三日月のようにしゃくれていた。

「どうも、年寄りに夏は堪《こた》えるな。わしはもう、今年の中秋《ちゅうしゅう》の名月が見られぬかも知れん」

「いや、先生には、いつまでもご壮健でいてもらいませんと」

竜之介が言うと、楼内は苦笑して、

「長生きしても、竜之介殿に扱《こ》き使われるだけだからなあ」

この楼内は――実は、田沼意次《たぬまおきつぐ》に重用されていた奇人・平賀源内《ひらがげんない》、その世を忍ぶ仮の姿なのであった。

そこへ、百合が湯呑みを差し出した。

「冷たい水でございます」

楼内が来た時に、さっと台所へ立った百合なのである。

「おお、これは有り難い」

楼内は、その水を一気に飲み干した。

湯呑みを百合に返しながら、ふと気づいて、

「そうか……そなたが百合さんじゃな」

「はい。よろしくお願いいたします」

百合はお辞儀をする。

「なるほど、なるほど……おっと、大事な用件があるのだった。はい、預かり物は返すよ」

下げてきた風呂敷包みを、楼内は竜之介に渡す。

それは、小箱に入れた裸の虎眼石と南蛮風の首飾りであった。

今朝、竜之介は徳治郎《とくじろう》に頼んで、横網町の楼内に、この箱と手紙を届けてもらったのである。

手紙で虎眼石を入手した事情を説明して、その謎を解いてくれるように頼んだのだ。

「先生が暑い中、わざわざここまで来られたということは」

「うむ、謎は解けた」

それを聞いて、竜之介と百合は顔を見合わせた。

「何日もかかかると思っていましたが、まさか半日もせずに……さすがに楼内先生は…」

天才ですな――と竜之介が言おうとすると、

「いや、褒《ほ》めてもらうのは、まだ早い」

楼内は片手で制して、懐から折り畳んだ紙を二枚、取り出した。

それを広げて、竜之介に渡す。

縦横斜めの短い線が三行に並んだ、奇妙なものである。

「これは？」

「まず、薊美という女の虎眼石を部屋の中でじっくり観察したが、よくわからない。それで、縁側に出て陽の光で見てみたのだ――」

その時、虎眼石を通過した陽光が縁側に落ちて、そこに細かい傷のようなものが並んでいるのに気づいた。

「ただの傷ではない証拠に、その傷は等間隔で三行に渡って並んでいるように見えた。これは暗号ではないか――と思って、こちらの首飾りの虎眼石も、慎重に外して陽の光に当てた」

すると、やはり細かい傷が等間隔で並んでいるではないか。

つまり、簪《かんざし》や首飾りに嵌《は》めこまれた虎眼石の裏側に、暗号の傷が彫られていたのである。

「外道衆の薊美が、誰にも奪われぬように虎眼石を銀簪から外して、己《おの》れの体内に隠しておいたのが、幸いしたのだな。簪に嵌められたままでは、この傷に気がつくことはなかったろうから」

「そうですな……先生には前にも、山駆党《さんがとう》事件の時に、四枚の紙に書いた文字を灯《ひ》に透かして、四文字呪文《じゅもん》の謎を解いていただきました」

「うむ、そうだった」と楼内。

「だが、今回は、困ったことにまだ二枚しかない。三つ目の虎眼石の傷を見なければ、暗号は解けぬ。二枚だけで、元の字が推測できないか、散々考えたが駄目だった」

「それは、ご苦労いただきまして」

「いや。それにしても、この暗号の傷を虎眼石に彫りこんだ職人は、大した奴だな」

「どのようにして、宝石の曲面に彫りこんだのでしょう」

「たぶん、まず半紙に三行の言葉を書いて、そこに一つ目の虎眼石の光を当て、最初の傷を作る。それを一行目の最初の字に対応させて、次の文字の傷の位置を決める……そんな風にして、三つに彫りこんだのだろうな。二百年も前に、とんでもないことを思いつくものだ」

二人の話を聞いていた寅松が、脇から、

「それが、先生――三つ目の虎眼石を持っているはずの娘は、大変なことになりましたんで」

「ほう？」

「楼内先生。三角屋のお稜は掠われました」

竜之介は、例の書状を差し出した。

「ふむ……なるほど」楼内は頷いて、

「すると、この〈岳〉という奴は、お稜を人質にして、すでに三角屋仁兵衛《じんべえ》から虎眼石の金簪を脅しとったのだろうな」

「そうかも知れません」

「で、竜之介殿は今宵、木場に行かれるのだな」

「はい。お稜を見殺しには出来ません」

「そうだろう、それでこそ松平竜之介だ」

楼内は笑みを見せる。

「だが、二つの虎眼石を渡しても、敵が、お稜を素直に返すかどうか」

「それは、当たって砕けるしかありませんな」

竜之介は怖れもせずに、言った。

「わかった。わしは修羅場では役に立たぬから、一休みしてから横網町に帰るが

「……」

弟子田楼内は顎を撫でながら、

「この件は、白銀町《しろがねちょう》の親分には報《しら》せた方がよくないかな。相手は、どんな卑劣な罠を仕掛けているか、わからんからね」

「たしかに」

竜之介は、寅松に紙と硯を用意させて、

「わしが文《ふみ》を書くから、由造に届けてほしい」

「へい、任せてくだせえ」

寅松は張り切って、胸を叩いた。

四

寅松は白銀町へ走り、弟子田楼内も帰って、隠れ家はまた松平竜之介と百合の二人きりになった。

「――そうだな」

ぽつん、と竜之介が言った。

「何でございますか、竜之介様」

百合が顔を上げて、

「今夜のことならば、あたしもご一緒します」

「止めても聞かぬだろう」

「はい」

にっこりと百合は笑った。

「では、是非とも、そなたに話しておかねばならぬことがある」

改まった態度で、竜之介は言う。

「うかがいます」

百合も座り直した。

「ここからそう遠くない小梅村に、市右衛門という百姓がいる……市右衛門夫婦は十五年前に、七五三のお参りに長女を神社に連れて行ったか、人混みの中で娘の手を離して、行方知れずになってしまった」

「………」

百合の顔が強《こわ》ばった。どういう話なのか、見当が付いたのである。

「その神社は神田明神、いなくなった娘の名は、お雪という」

「…………」

　無言で、百合は目を大きく見開いた。

「お雪の右の乳の下には、黒子《ほくろ》があったそうだ」

「……それは」

百合の軀《からだ》が傾《かし》いで、右手を畳につく。動揺のあまり、それ以上の言葉が出ない。

　竜之介は、百合の肩に両手を乗せて、

「十中八九、そなたはお雪だろう。お雪は、両親の名前や住居を書いた迷子札を護り袋に入れていたという。だから、そなたの養父の陣九郎は偽《いつわ》りを申したのだ。三囲神社の社務所に行って尋ねたというのも、偽りだろうな」

「あの父が嘘を……」

「百合。わしは昨夜、それに気づいたが、今まで黙っていた理由はわかるな」

「は、はい……」

「市右衛門と、親子の対面をさせることは容易《たやす》い。だが、そなたの養父は高坂党の頭目だ。親子の名乗りをしてしまうと、市右衛門にも迷惑がかかるかも知れぬ」

「…………」

俯《うつむ》いたまま、百合は黙りこくっている。

「訊くが――そなた、人を殺したことはあるか」

「ございます」

力のない声で、百合は答えた。

「一年ほど前、蓬莱《ほうらい》の吉兵衛《きちべえ》という盗人《ぬすっと》が、あたしたちの盗品を奪い取ろうとして、乱闘になりました。その時に、相手の手下を一人……」

「左様か……」

竜之介は溜息《ためいき》をついた。

今まで黙っていたのは、この質問に対する百合の返事を聞きたくなかったからでもある。

常習的な盗賊で人殺しもしているとなれば、普通は獄門なのだ。

人殺しさえしていなければ、町奉行に頼みこんで何とか刑罰を軽くして貰えるだろう――と竜之介は思っていたのである。

「それと、傷つけたことは何度もあります。同じ渡世の者たちですが」

「堅気の者は」

「それはありません」と百合。

「ただ……父は、押し入った店で手向かいした奉公人や用心棒の浪人を何度か、斬り倒しています」

「ううむ……」

竜之介は、百合の上体を安定させてから、彼女の顔を覗きこんだ。

「そなたが苦しむことがわかっていて、この話をしたのは、今夜のことがあるからだ。わしに、もしものことがあれば、真相は誰も知らぬままになってしまう。それでは、人の道の外れると思ったのだ」

「竜之介様に、もしものことなんて……あんなにお強いではありませんか」

「勝負は時の運だ。それに、今回は相手の正体もわからんしな」

「竜之介様にもしものことがあったら、あたしも死にますっ」

そう言って、竜之介の胸にすがりつく百合なのだ。

その背中を優しく撫でてやりながら、竜之介は、

(天は時として、無情なことをするものだな……)

そう嘆息せざるを得ない。

「……竜之介様、お願いがあります」

顔を上げて、百合は言った。何か決意したような真剣な表情である。

「わたくしの最後の操《みさお》を、犯してくださいまし」

「最後の操、か」

「はい。手下たちが卑猥《ひわい》な話の中で、女には三つの操がある——と言っていました。秘処《ひめどころ》、口唇《こうしん》、そして……お臀」

耳まで赤くなってしまう、百合なのだ。

「あたしも今夜、万が一のことがあるかも知れません。その前に、竜之介様に百合の全てを捧げ尽くしたいのです。悔いのないように……」

「うむ」竜之介は頷いた。

「そなたの健気《けなげ》な心根《こころね》、嬉しく思うぞ」

「では——」

笑顔になった百合の唇を、竜之介は吸ってやった。

その場に百合を押し倒して、帯を解く。

愛撫しながら、振袖《ふりそで》も袴《はかま》も脱がせた。

竜之介は、女下帯だけの半裸になった百合を、四《よ》ん這《ば》いにする。

腰を高く掲げさせて、臀の双丘《そうきゅう》を開いた。

女下帯の上から、排泄孔《はいせつこう》を中指の腹で撫でる。

「あァ……ああ……」

淫靡《いんび》な快感に、百合は臀をくねらせた。

竜之介は、女下帯を取り去る。

薊美のそれのような放射状の皺《しわ》はなく、百合の後門は、針で突いたような小さな孔だけであった。

その孔は赤みがかって、呼吸しているように見える。

竜之介は、そこへ唇を押し当てた。舌先で、後門を舐める。

「ひ……羞《はず》かしい………」

羞恥のあまり、全身が赤く色づいてしまう百合だ。

彼女の後門を唇と舌で愛撫しながら、竜之介は自分も裸になる。下帯も取り去った。

百合を愛しく思う気持ちで、竜之介の肉根は雄々《おお》しく屹立《きつりつ》している。

後門括約筋《かつやくきん》をほぐして、たっぷりと唾液で濡らしてから、竜之介は、巨根をそこへあてがった。

ゆっくりと貫く。

「アア………ァああっ」

百合は弓なりに仰《の》けぞった。

強烈な締めつけを感じながら、竜之介は腰を進めた。

初めての後門性交だが、巨砲の根元まで完全に埋没する。女壺《にょつぼ》と違って、行き止まりがないからだ。

「百合――そなたの真心は今、竜之介が受け取ったぞ」

「は、はい……嬉しい…竜之介様……」

喘《あえ》ぎながら、百合は言った。

竜之介は臀肉を摑み、十八娘の臀孔を傷つけないように配慮しながら、緩やかに男根を抽送《ちゅうそう》する。

どこかで、蟬《せみ》が鳴いていた。

四半刻《しはんとき》ほど百合の臀を翻弄《ほんろう》してから、竜之介は放つ。

同時に百合も後門括約筋を痙攣《けいれん》させて、未知の高みに押し上げられるのだった。

第九章　血風・小田原宿

一

「妙な因縁だな――」

その夜、木場《きば》の築島橋《つきしまばし》の前に立って、松平竜之介《たつのすけ》は感慨に耽《ふけ》っていた。

「何がでございますか」

隣に立った百合《ゆり》が尋ねる。

「かつて、この木場で風魔五忍衆《ふうまごにんしゆう》の多々良岩山《たたらがんざん》という忍者と闘ったことがある。場所も同じ、築島橋のそばだ」

「風魔というと、北条家《ほうじようけ》に仕《つか》えていた忍者ですね」

「うむ……頭領は風魔乱四郎《らんたろう》という恐ろしい男で、天下に騒乱を起こすのが目的だった。その者を討ち果たすのに、わしは九州の天草《あまくさ》まで行かねばならなかったよ」

その風魔一族と手を組んでいたのが、薩摩藩主の島津斉興《なりおき》である。

その斉興も、竜之介の漢《おとこ》らしさの前に兜《かぶと》を脱いで、徳川打倒の野望を諦めたのであった。

それから竜之介は、風魔一族によって海外に売られた日本の娘たちを救出するために、天下丸で海の向こうまで旅したのだった……。

（考えてみれば、わしは、今まで生き延びて来たのが不思議なほどだな。泰平の世にも悪の種は尽きぬ……だが、わしはわしの正義を貫いていけば、そこに天の加護があるだろう）

そんなことを考えていると、

「竜之介様――」

百合が緊張した声で、彼を呼んだ。

見ると、築島橋の向こうに提灯《ちょうちん》の明かりが揺れている。

「来たか」

十三夜月に照らされたのは、五人の人影であった。

先頭で提灯を手にしているのは、三角屋《みすみや》の大番頭の千次郎《せんじろう》、その後ろにお稜《りょう》と一緒に居る初老の男は、三角屋仁兵衛《じんべえ》だろう。

その後ろに山岡頭巾《ずきん》の武士、しんがりは浪人者であった。浪人組の頭《かしら》、宍倉玄《ししくらげん》之進《のしん》に違いない。

「あ、竜之介様っ」

竜之介の姿を見て、お稜は嬉しそうな叫びを上げた。

が、すぐに悲しそうな顔になって、俯《うつむ》いてしまう。

(何かおかしい……)

竜之介は不審を抱いた。

おそらく、山岡頭巾の武士が〈岳〉だろうが、お稜のみならず三角屋の主人や大番頭まで誘拐したのだろうか。

「逃げずに来たか、松平竜之介」

山岡頭巾の武士が、嘲《あざけ》るようにいった。

「虎眼石《とらめいし》は持って来ただろうな」

「ここにある」

竜之介は、懐《ふところ》から小箱を取り出した。

「だが、その前に訊きたい。その方《ほう》と三角屋は、どういう関係なのだ」

「ははは。わしは仁兵衛の主人だ。わしの指図で、仁兵衛は浪人組を雇い、外道《げどう》衆《しゅう》と高坂党《こうさかとう》の虎眼石を探していたのだ。そこに、貴公が余計な首を突っこんできたわけだな」

「主人……？」

「そうだ」

山颜頭巾を脱いで、その武士は顔を見せた。

よく日焼けした顔で、鼻筋が太く精力的な風貌である。

「わしは北条氏岳《うじたけ》――北条氏政《うじまさ》の長子の血筋だ」

「長子……北条氏直《うじなお》の血筋なら、河内《かわち》狭山《さやま》藩の藩主のはずだが」

「違う。氏直は本当の長子でなく、次男なのだ――北条氏政は、領内の商家の娘に手をつけて男児を産ませ、氏清《うじきよ》と名づけた。氏直よりも二歳年上で、庶子とはいえ、氏清こそが本当の長男。その北条氏清の子孫が、この氏岳だ」

得意そうに、北条氏岳は言った。

「にわかには信じがたい話だな」

「貴公に信じてもらう必要はない」と氏岳。

「仁兵衛は、よく仕《つか》えてくれておる。何しろ、仁兵衛の祖先の鳶沢甚内《とびさわじんない》は、北条家の家紋の三つ鱗にちなんで、三角屋という屋号をつけたほどの忠義者だからな」

「……………」

三角屋仁兵衛は黙りこくって、目を逸《そ》らせている。

「わしは仁兵衛に言った——屋号のことは徳川家康は黙認したろうが、今の公儀に教えてやったら、どうなるか。家財は没収、父娘は追放されるだろう——と。さらに、北条の軍資金四十万両の隠し場所を秘めた金簪《きんかんざし》を代々、伝えて来たこともある。これが公儀に知れたら、天下の謀反人だ。一族郎党、処刑されることになる」

「そうやって、仁兵衛を脅迫していたのか」

「こいつは小心者でな。お稜には珊瑚玉《さんごだま》の金簪を母の形見として与えて、本物の虎眼石の簪は蔵の奥にしまいこんでおった」

「氏岳様。わたくしは四十万両よりも、まともな暮らしの方が大事と思っただけです」

耐えきれなくなったのか、仁兵衛が言った。

「貴様の思惑など、どうでもいい。大人しく、わしの指図に従っていれば良いのだ」

　北条氏岳は、冷たく言い捨てた。そして、

「さあ、竜之介。虎眼石を貰おうか」

「お稜を人質にとったのだから、引き替えでなければ渡せぬ」

　その言葉に、お稜は、はっと顔を上げた。

「何だと……」

「お稜は、わしが預かる」

　竜之介は堀割に近づいて、小箱の蓋《ふた》を取った。

「否《いな》というなら、この二つの虎眼石はここへ投げ棄てる。わしには四十万両など、どうでも良いのだ」

「待て」

　氏岳は、忌々《いまいま》しそうに竜之介を睨みつけて、

「わかった、お稜は貴公に渡そう――千次郎」

「は、はい」

　大番頭の千次郎は、お稜を連れて竜之介の方へやって来た。

　竜之介は、無言で小箱を渡す。千次郎は、提灯の明かりで中を見て、

「氏岳様。確かに、虎眼石でございます」

「よし。娘をくれてやれ」

氏岳がそう言うと、お稜は竜之介の縋《すが》りついた。

「竜之介様、わたくしは……」

「よしよし、後でゆっくり話そう」

竜之介は、男装娘の百合の方を向いて、

「お稜を頼むぞ」

「はい」

百合は、力強く頷いた。

その間に、千次郎は築島橋の方へ戻っている。氏岳は、その中身を確認して、

「よし。これで虎眼石が三つ揃ったぞ。わしの時代が来る」

興奮した声で、氏岳は言った。それから、竜之介の方を見て、

「あとは――貴公に死んで貰うだけだ」

宍倉玄之進が、無言で右手を上げた。

すると、周囲の積み上げられた材木の蔭から、浪人者が姿を見せる。その数は、十人。

「そいつらは、腕が立つ」と宍倉浪人。

「十人を一度に相手にして、あんたは勝てるかな」

「……………」

竜之介は大刀を抜いた。百合も大刀を抜く。お稜は、蒼《あお》ざめていた。

十人の浪人組も抜刀して、静かに近づいて来る。

突然、あちこちから石礫《いしつぶて》が飛んで来た。その石礫は、浪人組に命中する。

「わわ、何だ」

「何奴《なにやつ》かっ」

浪人組は、大混乱に陥《おちい》った。遠くから石礫を放っているのは、由造《よしぞう》たちであった。

実は――由造と下っ引の松吉《まつきち》と久八《きゅうはち》、それに寅松《とらまつ》が、夕方から石礫を用意して木場に隠れていたのである。

浪人組は、その後に来て、隠れていたのだ。

「今だっ」

竜之介は、百合とお稜に言った。最も近くにいる浪人者を斬り倒す。

「逃がすな、追えっ」

宍倉浪人が叫ぶ。

その時、何かが飛来して地面にぶつかり、白煙が広がった。

「何だ、これは」

驚いていると、次々に煙玉が飛来して、築島橋の一帯は白煙に包まれてしまう。

「今だ、虎眼石を奪えっ」

そう叫んだのは、高坂党の陣九郎《じんくろう》であった。

「おおうっ」

藍色《あいいろ》の盗人装束《ぬすっとしょうぞく》の男たちが二十人以上、白煙の中に突っこむ。

三者が混じり合う乱戦となった。

竜之介が浪人組を斬り伏せ、浪人組が高坂党を斬る。

「ぎゃっ」

その巻き添えで、千次郎は背中から斬られて堀割に落ちた。

「百合之助っ」

いきなり、百合の左腕を摑んだのは、陣九郎だった。陣九郎は涙ぐんで、

「心配したぞ」

「お頭《かしら》……」

百合は、その手を振り払うことが出来なかった。

そこへ、浪人組が斬りかかって来た。

陣九郎よりも早く、百合がそいつを叩っ斬る。

「でかした。さあ、こっちだ――」

百合は、陣九郎に手を引かれるままになった。

その時には、白煙から逃れた場所で、竜之介はお稜の腕を引いて、

「百合、どこだ、百合っ」

男装娘の行方を捜しているのだった。

二

松平竜之介がお稜を連れて、中之郷《なかのごう》の隠れ家へ戻ったのは、真夜中近くであった。

あれから、集合場所として約束していた富ヶ岡《とみがおか》八幡宮の前で、竜之介は待った。

由造たち四人は無事に集まったのだが、いつまで待っても、百合だけが来ない。

「実は……百合さんが、高坂党の奴と一緒に逃げてゆくのを見ました」

言いにくそうに、松吉が言う。

「まさか、百合が高坂党へ戻るとは……」

竜之介は、少なからぬ衝撃を受けた。

「とにかく、竜之介様。お稜さんと一緒に、あの家へ。あっしたちは、もう少し木場の様子を見てみますから。何かわかれば、明日の朝、ご報告にうかがいますので」

由造がそう言うので、

「わかった、頼むぞ」

竜之介は船宿で小舟を頼み、大川西岸の難波橋《なにわばし》まで行った。そこから浅草阿部川町まで駕籠《かご》で向かって、その家には入らず、別の船宿の猪牙舟《ちょきぶね》で大川東岸の向島《むこうじま》へ渡ったのである。そして、さらに遠回りをして、ようやく中之郷の隠れ家に着いたのだった。

「疲れただろう。もう安心してよいぞ」

竜之介がそう言うと、お稜は彼の袖《そで》を摑んで、

「あの…竜之介様、信じてくださいまし。わたくしは、何も知りませんでした。あんな恐ろしい人だったとは……昔、お世話になった御方《おかた》だから——とだけ父に

聞いていたのです」

「わかっている。最初に逢った時から、そなたを疑ったりしたことはない」

「本当に……？」

「本当だとも」

竜之介は笑って見せる。お稜は、ほっとしたようだが、すぐに顔を曇らせた。

「父は、どうなるのでしょう」

「三角屋仁兵衛は、あの北条氏岳という者に脅かされて、利用されている。何とか、氏岳と浪人組を倒して、仁兵衛の助かる道を考えてみよう」

「有り難うございます」

お稜は両手を突いて、礼を言った。それから、顔を上げて、

「父がいなくなったら、わたくしは一人ぼっちに……」

「あまり深く、考えつめるな。今は、わしがそばにいるではないか」

「竜之介様……」

お稜は、竜之介の胸に飛びこんだ。

竜之介は彼女を抱きしめて、接吻してやる。

そして、懐《ふところ》から手を差し入れて、乳房をやんわりと掴んだ。

「ああ……」

接吻も乳房への愛撫も、生まれて初めてのお稜であった。甘い陶酔に、夢現《ゆめうつつ》になる。

竜之介は彼女の帯を解いて、着物を脱がせた。肌襦袢《はだじゅばん》も脱がせて、下裳《したも》一枚にする。

骨細の繊細な肢体《したい》であった。肌は雪のように白い。

胸乳《むなぢ》は小さいが、形は良い。乳輪の色は薄く、ほとんど肌の色と変わらなかった。

下裳を解くと、桜色の亀裂が見える。恥毛は、蝉《せみ》の透明な羽根を置いたように薄かった。

竜之介は、処女の股間に顔を埋《うず》めて、その亀裂を舌で愛撫した。

「そのような……見られるなんて、もう……」

羞恥《しゅうち》のあまり、お稜は身悶《みもだ》えする。

「では、わしのものも見せよう」

着物を脱いで全裸になった竜之介は、膝立ちでお稜の胸を跨いだ。

男の道具が、だらりと下がっている。その状態で、普通の男性の勃起時と同じくらいの質量があるのだ。

「これが男の人の……」

春画さえ見たことのないお稜は、まじまじと見つめてしまう。

「舐めてくれ、お稜」

竜之介がそう言うと、お稜は素直に頭を浮かせて、舌を伸ばした。柔らかな肉根を、おずおずと舐める。

清純な処女の奉仕によって、たちまち、それは猛《いき》り立った。竜之介は、お稜に覆いかぶさって、

「お稜、参るぞ」

「はい……」

お稜は、こくんと頷く。

竜之介の長大な男根が突入した時、お稜は、声にならぬ叫びを上げた。

純潔の肉扉を打ち破られて、目の端に涙の粒を浮かべる。腰の動きを止めた竜之介は、その涙の粒を吸ってやった。

それから、お稜を労《いたわ》りながら緩急自在に抽送《ちゆうそう》して、彼女を悦楽境に誘いこむ。

「い…痛くてもいいの……竜之介様、もっと……」

ついに、自分から臀《しり》を蠢《うごめ》かしてしまう、お稜であった。

快楽曲線が急上昇して、お稜は絶頂に達した。それに合わせて、竜之介は吐精する。女になった幸福に包まれて、お稜はそのまま眠りこんだ。


翌朝——竜之介とお稜が、まだ眠っている時に、

「竜之介様、竜之介様っ」

由造が、玄関から飛びこんで来た。

「少し待ってくれ」

何事かと思いながら、竜之介は身支度をした。そして、居間へ行く。

「どうも、不粋《ぶすい》な真似を致しまして……」

由造は恐縮する。

「いや、それは良いのだ——で？」

「北条氏岳が江戸を出ました」

「なに」

「三角屋仁兵衛も浪人組も一緒です……そうでした。言い忘れましたが、夕べの乱戦で浪人は三人しか生き残りませんでした。それで、朝までに新しく雇い入れ

て、合計で三十名くらいになってます」

それが、三人、四人と分かれて、東海道を西へ向かったというのだ。

松吉たち三人が、それを尾行《つけ》ているという。

「氏岳が動き出したということは、虎眼石《とらめいし》が三つ揃ったので、四十万両の在処《ありか》が判明したのかな」

「一晩で、ですか」

「いや……考えてみれば、氏岳は、我らよりもずっと前に金簪《きんかんざし》を入手している。だから、虎眼石の裏側の傷にも気がついてたのかも知れぬ」

「なるほど……それなら、三つ揃えば、すぐに暗号の解読ができますね」

「西か……」竜之介が腕組みして、

「ひょっとしたら、目的地は小田原かも知れんな」

「小田原ですか。たしかに、北条家の本拠地ですが……」

「とにかく、氏岳を追おう」

腕組みを解いて、竜之介は立ち上がった。

「おそらく、高坂党も外道衆も氏岳を追うはずだ。さすれば——百合を取り戻す機会もあろう」

「そうです、そうですね」

由造は、強く何度も頷いた。

三

江戸の日本橋を起点にして、小田原宿まで二十里二十町。

東海道で九番目の宿駅である。

小田原藩十一万三千百二十九石の城下町でもある。

健脚揃いなのか、早朝に江戸を発《た》った翌日の午後には、北条氏岳の一行は小田原に着いていた。

酒匂川《さかわがわ》を渡った一行は、しかし、小田原宿には入らなかった。北西への道を歩いて行く。

「おかしいな」

少し遅れて酒匂川を渡った松平竜之介は、遠くを歩く彼らの後ろ姿を見ながら言った。

「奴らは、小田原宿を目指しているとばかり思ったのに」

「四十万両は、山奥の洞穴の奥なんかに隠してあるんじゃないですかね」

手拭いで汗をふきながら、寅松が言う。

「千両箱にして四百個だ。とても、町中に隠しておける数ではないわな」

竹筒の水を飲んでから、由造も言った。

松吉と久八も、汗をふいていた。

彼ら四人も、氏政たちと同じ日に江戸を発ったのである。

三角屋の娘のお稜は、徒士頭《かちがしら》の加納銅右衛門《かのうどうえもん》の屋敷に預けてあった。

(早く事件を解決して江戸に帰らないと、お稜が寂しい思いをしてるだろう)

人形のようなお稜の顔を、竜之介は思い浮かべる。

「竜之介様。そろそろ、参りますか」

「うむ、これだけ離れていれば良いだろう。行くか」

竜之介たちも、歩き出した。

天桂山玉寶寺《てんけいざんぎょくほうじ》の山門を潜った北条氏岳は、境内に納所《なっしょ》坊主がいるのを見て、三角屋仁兵衛に目で合図をした。

仁兵衛は、納所に近づいて、

「もし――わたくしは江戸の者ですが、あちらのお旗本が、こちらに寄進をしたいと言われています。ご住職にお取り次ぎいただき、有名な五百羅漢も拝見したいのですが」

「それは御奇特な。どうぞ、こちらです」

納所は喜んで、彼らを本堂へ案内した。

「ただ今、住職を呼んで参りますので――」

納所が去ると、氏岳たちは、本尊を囲むように台座に二列に並んだ五百二十六体の羅漢像を眺める。

座像は八寸くらい、立像は一尺から二尺ほどの高さだ。

「氏岳様、これですか」

宍倉玄之進が言うと、氏岳は頷いて、

「そうだ。この中に、北条の軍資金四十万両が隠されているのだ」

竜之介が推測した通り、北条氏岳は三角屋の金簪《きんかんざし》を手に入れると調べ尽くし、虎眼石の裏側の傷に気がついたのである。

そして、残りの二個の虎眼石《とらめいし》を手に入れると、それにも裏側に細かい傷があった。

だから、弟子田楼内と同じようにして三枚の傷の書き取り図を作成し、それを重ねて日に透かして見たのである。

その結果、片仮名で書かれた三行の言葉がわかった。

　オダワラ
　テラ
　ゴヒャク
一行目は簡単で、これは地名の〈小田原〉であろう。

二行目は〈寺〉だろうが、何という寺か、わからない。

そして、三行目は〈五百〉と思われる。が、五百とは何か。

氏岳が考えこんでいると、御用聞きの半助《はんすけ》が言った。

「そういえば、小田原の玉寶寺には五百羅漢の木像があると聞きますが」

「うむ、それだ」

氏岳は膝を叩いた。

木像の内部に、大判小判を隠したに違いないと考えた氏岳は、夜明けを待って江戸を出立《しゅったつ》したのである。

新たに宍倉玄之進が集めた、三十名の浪人組と一緒にだ。

「とりあえず、手近のやつを一体、ぶち壊してみましょうか」

半助が言うと、氏岳は苦笑いする。

「まだ参詣客がいる。住職を人質にとって夜を待ち、それから打ち壊して軍資金を運び出そう」

その時、裏の方から住職がやって来た。

「お待たせいたしました。わたくしが住職の…」

住職の顔が凍りついた。宍倉浪人が、脇差の切っ先を喉元にあてがったからだ。

「静かにしろ。俺たちを、夜になるまで庫裡《くり》で待たせてもらおうか。良いな」

「あ、あなた方は一体……」

「心配するな。お前たちの命まで取ろうとは、思わん。この五百羅漢の中に隠されている小判を、いただくだけだ」

「こ、小判ですと……そんなものはありません」

「和上《わじょう》はご存じないのだ」と氏岳。

「およそ二百年ほど前に、この木像の中に大金が隠されたのを」

「二百年前ですと?」

住職は、ますます困惑した。

「それはおかしい」

「何がおかしいのだ」

「たしかに、この寺は三百年近く前の天文《てんぶん》年間に、坍和伊豫守様《はがいよのかみ》によって建立されたものですが……五百羅漢は違います」

享保《きようほう》年間に智鉄《ちてつ》という僧が木像を作り始めて、弟の真澄《しんちよう》がこれを引き継ぎ、宝《ほう》暦《れき》七年に完成させたのだ――と住職は言う。

「八代吉宗《よしむね》公の頃に作られたので、まだ二百年もたっておりません」

「本当か？」

氏政は、半助の方を見た。半助は、あわてて一体の羅漢を持ち上げて、氏岳に渡す。

「む……」

羅漢を持った氏岳は、何とも言えない表情になって、それを半助に手渡した。

「壊すまでもない、重さでわかる。これは、ただの木像だ」

「すると、五百というのは、どういう意味でしょうか？　寺というのだから、それに関係あるのでは？」

宍倉浪人が言う。

のか」

「あの……」住職が、おずおずと言う。

「何のことかわからぬが、あなた方は、寺に関わりのある五百を探しておられるのか」

「その通りだ」

「でしたら、それは史甲寺《しこうじ》のことでは？」

「和上、史甲寺というのはどこだ」

「ここから二町ほど山へ入ったところにあった寺です。十数年前に火事で全焼し、再建されませんでした。その山門の前に、五百体の地蔵が並んでいます。あれは、かなり古いものだと思いますが」

「地蔵が五百体だと……」

氏岳の両眼が輝き出した。

「それだ、それにちがいない」

何度も頷いてから、

「宍倉、ここに三人ほど置いて、寺の者を見張らせておけ。我らは、史甲寺へゆくぞ」

「承知しました――」

宍倉浪人は三人を指名して、住職を渡す。

そして、氏岳たちは本堂を出て行った。

「つまらんな、俺たちは留守番みたいなものか」

「俺も、四十万両が拝みたかったぜ」

「運び出したら、俺たちにも分け前がもらえるんだ。外で汗をかくより、ここでのんびりしよう」

住職を見張りながら、三人が話していると、いきなり、松平竜之介か飛びこんで来た。

「何だっ」

三人が刀の柄《つか》に手をかけるよりも早く、竜之介は、峰打ちで彼らを昏倒《こんとう》させる。本堂なので、血が流れるのを避けたのだ。

「親分、こいつらを縛《しば》ってくれ」

由造にそう言ってから、竜之介は、寅松に手紙を渡した。

「これは夕べ、旅籠《はたご》で書いておいたものだが、町奉行の稲川隼人《いながわはやと》殿に竜之介からだと言って渡してくれ」

「わかりました」

寅松は、矢のように飛び出して行った。

「ご住職。その史甲寺というのは、この前の道を山の方へ行けば良いのかな」

「はい、はい。左様で……」

「よし。松吉と久八は、この三人の見張りを頼む。親分は、わしと一緒に来てくれ」

四

焼けて半壊した山門の向こう側に、全焼した本堂の残骸がある。

そして、山門へ行く道の両側の斜面に、二段になって地蔵菩薩が並んでいた。

苔《こけ》むして風雨で摩滅した古い地蔵である。

「これが……たしかに、寺で五百だ」

北条氏岳と三角屋仁兵衛、半助、宍倉玄之進と浪人組が地蔵の列を見まわす。

「おい、坂本」

宍倉浪人が声をかけると、若い浪人者が頷いた。赤ん坊の頭ほどの岩を拾い上げると、手近な地蔵に叩きつけた。

地蔵の首が落ちて、胴体が割れる。そこから、大量の金色の小判が流れ落ちて地面に散った。

「おおっ」

浪人たちが、それに群がる。

氏岳は、足元に転がって来た小判を拾って見つめた。

「うむ……北条家が鋳造《ちゅうぞう》したという小田原小判に間違いない。五百体の地蔵に八百両ずつ詰まっているのだな」

そして、浪人組に向かって命令した。

「者ども、この地蔵を全て打ち壊すのだっ」

その時、

「――己《おの》れらは何をしておるっ」

大音声《だいおんじょう》が響き渡った。松平竜之介が駆けつけたのである。

「地蔵菩薩は六道《りくどう》の衆生《しゅじょう》を教化救済し、子供を守るものだという。その地蔵を打ち壊せとは、何たる雑言《ぞうごん》。聞き捨てに出来ぬぞ」

「たわけっ」氏岳は嗤《わら》った。

「この世に神も仏もあるものか」

「では神仏に代わって、わしが、その方《ほう》どもを成敗してくれる」

竜之介は大刀を抜いた。

「生意気な。皆でかかって、膾斬《なますぎ》りにしてやれっ」

宍倉浪人が命じた。小判を見て興奮している浪人組は、奇声を上げて竜之介に殺到する。

が、それよりも大きな声を上げて、右の斜面を駆け下りて来た集団があった。

藍色《あいいろ》の忍び装束《しょうぞく》をまとった高坂党であった。陣九郎が掻き集めた奴らで、総勢で四十人近い。

さらに、反対側の左の斜面を下りてきたのは、黒半纏《くろはんてん》に黒の川並《かわなみ》の外道衆であった。こちらは、三十名ほどだ。

「一人残らず殺せ、四十万両はあたしらのものだっ」

そう叫んだのは、薊美《あざみ》である。

たちまち、四者が入り乱れる大乱戦となった。

「蛆虫《うじむし》どもがっ」

宍倉浪人は、その渦中に躍りこんで、右の外道衆を斬り、左の高坂党を斬り伏せた。

「俺が叢雲《むらくも》の陣九郎だっ」

陣九郎が斬りかかったが、宍倉の剣は、その大刀を払い落とす。そして、逆袈《ぎやくけ》裟《さ》に斬り上げた。

「うっ」

血煙を上げて、陣九郎は倒れた。そこへ、竜之介が駆けつけて、

「陣九郎、しっかりしろ」

そう声をかけて、宍倉浪人に立ち向かった。

互いに数度、刃《やいば》をぶつけ合ってから、

「えいっ」

竜之介の横薙《よこな》ぎが、宍倉浪人の胴を斬る。

「まさか……」

無念の形相《ぎようそう》で、宍倉玄之進は倒れた。

「おい、陣九郎っ」

竜之介は、盗賊の頭《かしら》を抱き起こした。

「百合は、如何《いかが》いたした」

「玉寶寺に…置いて来た……」

陣九郎は、弱々しい声で言う。

「拾った子だが、俺は百合が本当に……」

そこまで言って、陣九郎は首を垂れる。絶命したのだ。

その少し前——銀糸鞭《ぎんしべん》を振るって浪人組を斬り刻んだ薊美は、北条氏岳に迫っていた。

「お前が大将だね。大将首は貰ったっ」

が、氏岳は冷たい嗤いを浮かべている。

「むっ」

突然、殺気を感じた薊美は、右へ飛び退《の》いた。僅《わず》かに遅れて、背中を浅く斬られる。見ると、そこに海老茶《えびちゃ》色の忍び装束を着た者が立っていた。

「貴様は……」

「氏岳様をお守りしている、風魔十郎太《じゅうろうた》と知れ」

いつの間にか、氏岳の前後にも、三名の風魔忍者がいる。

「風魔だと……ふざけるなっ」

薊美は、銀糸鞭を十郎太に振るった。

が、十郎太は、鉄鐶《てっかん》に六本の鎖が放射状に付けられた武器を投げつける。

六本の鎖の先端には分銅《ふんどう》が付いていた。相手を拘束する〈蜘蛛丸《くもまる》〉という忍び武器であった。

蜘蛛丸は、広がった銀糸に絡みついて、無力化してしまう。

「えっ」

薊美が驚いていると、高々と跳躍した十郎太が、忍び刀を振り下ろした。袈裟懸けに斬り倒す。

「う……」

血まみれになって、薊美は前のめりに倒れた。

「吉原の忘八《ぼうはち》くずれが、忍術者に勝てるわけがなかろう。地獄へ行くがいい」

十郎太が、その薊美に止どめを刺そうとすると、

「よせっ」

脇から、竜之介が斬りつける。十郎太は跳び下がり、竜之介を睨みつけた。

「牝《めす》の狂犬を助けに来るとは……俺の兄の乱四郎を斬ったのは貴様だ、松平竜之介」

「その方は、風魔乱四郎の弟か」

「兄と袂《たもと》を分かった俺だが、やはり身内……仇敵《かたき》をとらせてもらう」

虎眼石の取引の場所を、わざわざ木場の築島橋にしたのは、兄の復讐の意味もあったのか。

この風魔忍者がいたから、北条氏岳も三角屋仁兵衛も、無傷で木場から逃走できたのだろう。

「参るっ」

竜之介から斬りかかった。

しかし、体術に優れた十郎太は、彼の剣を燕《つばめ》のように敏捷《びんしょう》にかわす。

(此奴《こやつ》……乱四郎よりも動きが迅《はや》い)

竜之介は、大刀を右八双《みぎはっそう》にした。

「く、く、く……それでは、俺は倒せぬ。そろそろ、こちらから仕掛けてやろうか」

十郎太の斜め後ろに、参次《さんじ》という外道衆が倒れている。竜之介に懐中弓を射《い》かけた奴だ。

その参次の死体に這《は》い寄ったのは、血まみれの薊美であった。

懐中弓を取りだして短矢《たんし》を番《つが》えると、それを放つ。

「げっ」

右足の太腿《ふともも》を短矢で貫かれて、十郎太は倒れた。すぐに起き上がったが、よろけてしまう。

「身軽でなくなったようだな、十郎太」

竜之介が迫った。

「くそっ」

十郎太も、忍び刀で斬りかかった。

が、竜之介の剣は忍び刀を断ち割り、十郎太を斬り倒す。

「あ、兄上……」

そう呟《つぶや》いて、十郎太は死んだ。

「薊美っ」

竜之介は、薊美を抱き起こした。

「礼を言う、助かったぞ」

薊美は、にやりと笑って、

「借りを返しただけだ……」

「しばらく待て。闘いが済んだら、血止めしてやる」

「教えて……あたしの身を…今も案じている者って……」

「そなたの祖父、庄司甚右衛門《しょうじじんえもん》だ」

「やっぱり、爺《じい》ちゃん…か……」

薊美の目から、光が消えた。絶命したのである。

竜之介は、その瞼《まぶた》を閉じてやった。そして、立ち上がって、氏岳の方へ進む。

「殺せっ」

氏岳を守っていた三人の風魔忍者が、竜之介に五方手裏剣を打つ。

だが、竜之介はそれらを払い落としながら、突進した。次の手裏剣を打つ暇も会えずに、三人を叩き斬る。

「ま…待て、松平竜之介っ」

一人残った氏岳が、狼狽《うろた》えて言う。

「俺と手を組んで、天下を盗る気はないか。四十万両あれば、異国の最新武器が買えるのだ……俺は長いこと、抜荷《ぬけに》の密輸船に乗っていたから、武器商人に伝手《つて》がある」

「わしは、天下を盗るつもりなどはない」

「なら、命だけは助けてくれ。俺は、風魔十郎太に唆《そそのか》されただけだ。やっと捜し出した、あなた様は本物の北条家の御血筋です——とか言われて……俺が悪いんじゃないっ」

次の瞬間、竜之介の剣が、北条氏岳を縦一文字に両断していた。

驚愕《きょうがく》の表情を浮かべたまま、氏岳の肉体は左右に倒れた。

「……」

振り向くと屍《しかばね》の山で、大乱戦は、ほぼ終息しているようであった。見まわすと、三角屋仁兵衛も御用聞きの半助も、血に染まって動かなくなっている。

「竜之介様──っ」

馬蹄《ばてい》の音を響かせて、町奉行・稲川隼人が、大勢の捕方を引き連れて現場に駆けつけて来た。

五

それから六日ほどが過ぎて──江戸は、夏の盛りである。

夜──中之郷の隠れ家では、蚊帳《かや》の中に松平竜之介が、全裸で仁王立ちになっていた。

その前に、これも全裸で跪《ひざまず》いているのは、三角屋のお稜と百合である。百合は若衆髷《まげ》を解いて、首の後ろで髪を縛《しば》り、背中に垂らしていた。

「ああ、美味《おい》しい……」

「竜之介様のものを…ずっと、しゃぶっていたい……」

二人は、竜之介の男根に口唇《こうしん》奉仕しているのであった。

お稜が玉冠部《ぎょくかんぶ》を咥《くわ》えて、百合が玉袋を舐めている。

それを眺め下ろしながら、竜之介は、

（何とか丸く収まって、良かった……）

心の中で、そう呟《つぶや》いていた。

――小田原藩に地蔵の底から取り出した四十万両を預けて、百合を伴って江戸へ戻った竜之介は、伊東長門守保典《ながとのかみやすのり》の屋敷で将軍家斉《いえなり》に全てを報告した。

「それで、百合ことお雪の処分でございますが」

「何を言うか、婿《むこ》殿。百合とお雪は別人ではないか」

「え」

「高坂党で人を斬ったのは、百合。だが、その百合は五百地蔵の大乱戦の場で斬り死にした。そして、長らく親を探していたお雪は、実の親に巡り会えた――それで良いではないか」

「なるほど、さすが上様」

「褒《ほ》められて悪い気はせぬな」家斉は笑った。

「三角屋の主人も、自分を北条氏政の正統な子孫と思っている気の触れた悪者に連れ回されて、小田原で死んだのだ。気の毒だから、親戚の誰かを一人娘のお稜の婿にして、店を継がせるが良い。権現《ごんげん》様以来の老舗《しにせ》だからな」

「では、虎眼石の件は……」

「それも、悪者が信じこんだ誰かのでまかせであろう。それよりも――」

「はあ」

「久しぶりに、酒を酌み交わそうではないか、婿殿」

そういうわけで、お稜も百合もお咎《とが》めなしになったのである。

四十万両は、一割の四万両を小田原藩に分け与えて、残りの三十六万両は、幕府の金蔵に納められるということだ……。

「放つぞ」

竜之介は、濃厚な聖液を射出した。

お稜は喉を鳴らして、それを嚥下《えんげ》する。唇の端から零れた聖液は、百合が舐めとった。

それから、お稜を四《よっ》ん這《ば》いにして、その紅色《べにいろ》の臀孔《しりあな》を百合が舐める。たっぷりと舐めて、後門括約筋《かつやくきん》をほぐしてから、

「どうぞ、竜之介様。お稜ちゃんのお臀の孔を存分に犯してください」

「よかろう」

竜之介は、吐精しても衰えぬものを、お稜の排泄孔《はいせつこう》にあてがった。ゆっくりと貫く。

か細い悲鳴を上げるお稜を、片膝立ちの竜之介は、丁寧に攻める。

百合は、竜之介の背後にまわって、臀部《でんぶ》に顔を埋《うず》めていた。男の後門を舐めて、その奥まで舌先を入れる。

(明日は百合ことお雪と市右衛門を対面させて、明後日は吉原に行って、甚右衛門に薊美の遺髪を渡してやろう……)

そんなことを考えながら、竜之介は、お稜の清純な臀孔を犯し続けるのであった。

あとがき

この前、ＹｏｕＴｕｂｅの東映シアターオンラインというのを見たら、大川橋蔵・主演の「若さま侍捕物帖／鮮血の人魚」（一九五七）を、期間限定で無料公開してました。

「昔、見た映画だけど、ニュープリントだかデジタルリマスターだかで画質が良くなってみたいだから、見てみるか。ご贔屓《ひいき》の千原しのぶも出てるし」

そう考えて見ていたら、なんか知らない場面がどんどん出てくる。

最後の方の崖を爆破する場面も、見た記憶がない。

で、ラストまで見てハッと気がついた。

私が見たと思っていた「鮮血の人魚」は、実は長谷川一夫・主演の大映映画「歌麿をめぐる五人の女」（一九五九）だったんですね。

こっちにも人魚が出て来るので勘違いしていましたが、記憶の衰えもあるような……。

で、本作は「若殿はつらいよ」の第十九巻「妖玉三人娘」です。

前巻の「死神の美女」は、ホラー風サスペンスだったので、今回は時代小説や時代劇の王道である「宝探し」と「争奪戦」の伝奇チャンバラです。

イメージ的には、角田喜久雄の「緋牡丹《ひぼたん》盗賊」ですかね。あのラストの謎解きは、仰《の》けぞるくらい凄かった。

伝奇小説の巨匠といえば国枝史郎ですが、私は、どちらかというと角田さんの作品の方が好きですね。

たぶん、ヒロインの描写が好みなんだと思う。

前巻の「死神の美女」にも、角田さんの小説を映画化した「黄昏《たそがれ》の悪魔」の影響があると、あとがきに書きましたね。

それから、ずっと私の作品を読んでくれているファンならおわかりいただけると思いますが、過去作のネタも絡めてあります。

清純な箱入り娘、刀を差した男装娘、凶暴な悪女――自分の好きなヒロインを三人も出せて、作者としては非常に満足しています（笑）。

なお、次の作品は、今年の七月に「卍屋龍次　生娘狩り（仮題）」が出る予定ですので、よろしくお願いいたします。

二〇二四年四月

鳴海　丈

参考資料

『増補新訂 考証江戸歌舞伎』小池章太郎（三樹書房）
『鳶魚江戸文庫6／江戸の白波』三田村鳶魚・著／朝倉治彦・編（中央公論社）
『春画にみる江戸の性戯考』白倉敬彦（学研）
『隠し武器総覧』名和弓雄（壮神社）
その他

コスミック・時代文庫

若殿《わかとの》はつらいよ
妖玉三人娘

2024年5月25日　初版発行

【著者】
鳴海《なるみ》　丈《たけし》

【発行者】
佐藤広野

【発行】
株式会社コスミック出版
〒154-0002 東京都世田谷区下馬 6-15-4
代表　TEL.03(5432)7081
営業　TEL.03(5432)7084
FAX.03(5432)7088
編集　TEL.03(5432)7086
FAX.03(5432)7090

【ホームページ】
https://www.cosmicpub.com/

【振替口座】
00110-8-611382

【印刷／製本】
中央精版印刷株式会社

乱丁・落丁本は、小社へ直接お送り下さい。郵送料小社負担にて
お取り替え致します。定価はカバーに表示してあります。

© 2024 Takeshi Narumi

ISBN978-4-7747-6557-0 C0193

COSMIC
時代文庫

鳴海 丈 の時代官能エンタメ!

傑作長編時代小説

悪を斬り、美女を哭かす
剣難、女難の旅——!!

**卍屋龍次
乙女狩り**

秘具商人淫ら旅

**卍屋龍次
悪女狩り**

秘具商人愛艶道中

絶賛発売中!

お問い合わせはコスミック出版販売部へ!
TEL 03(5432)7084